地に滾《たぎ》る

あさのあつこ

祥伝社文庫

目次

第一章　緑の風音

追手の気配が近づいてくる。
背中が焼けるようだ。
ひりひりと炙《あぶ》られる。
藤士郎《とうしろう》は腰の太刀《たち》に手をやった。
「まだです」
数歩先を行く男が振り返りもせずに、言った。
「まだ、早い」
その男、柘植左京《つげさきょう》の声音《こわね》は低く重かった。しかし、くっきりと耳に届いてくる。
緩《ゆる》みはないが強張《こわば》りもしていない。
そうだ、まだ早い。
指を離し、握り込む。

追手は迫ってはいるけれど、追いつかれたわけではないのだ。

まだ、早い。焦《あせ》るな。

焦りは道を見誤《みあやま》らせる。己《おのれ》の進むべき道を見失わせてしまう。心を乱せば乱すほど、生き延びる見込みは薄くなる。

生き延びるのだ。何としても。

右足が鈍く痛む。無理をするとてきめん、鈍痛と微《かす》かな痺《しび》れに襲われるのだ。幼いころの怪我《けが》が原因らしい。

ざわざわと木々が鳴った。

鳥とは違う小さな生き物が、木々の間を飛び回っている。

遠目分を割り引いても、猿にしては細《こま》い。栗鼠《りす》だろうか。

左京が足を止めた。

肩が静かに上下する。

気息を整えたのだ。

ぞくっ。

背筋が震えた。

怯《おび》えではない。江戸に向かうと決めたときから、覚悟はできている。命を捨てる覚悟ではなく、生きて江戸の地を踏む覚悟だ。怯えている余裕などない。

ただ、昂《たかぶ》る。

「来ます」

「来たか」

ふっ。左京が息を吐いた。

「しかも前方からです。やはり、挟《はさ》み撃《う》ちにされたらしい。まあ、獲物を捕らえようとするなら当然な策ではありますが」

「おれたちは獲物か」

「向こうからすれば、必ず仕留めねばならない獲物でしょう。あなたがそうなるように仕掛けたのですから」

「ここまできて皮肉か」

「事実です」

まったく、他人の痛いところを遠慮なく突きやがって。

ふっ。思わず笑みがこぼれた。それだけのことで、余分な力が抜けた。昂りは静まり、敵を迎え撃つ心構えだけが残った。

ピーッ、ピピピ。

クエックエックエー。

姦《かしま》しい鳴き声や羽音とともに鳥たちが飛び立つ。

「どこにいるか、丸わかりだな」

「そうですね。腕は立つかもしれないが、頭の方はさほどよくない連中のようです」

左京の毒舌に、また、笑いそうになる。

ずん。殺気がぶつかってきた。

容赦《ようしゃ》はしない。殺す。

牙《きば》を剝《む》く気配だ。

藤士郎は顔を上げ、鳥の飛び立ったあたりに目をやった。

おれには笑ってる余裕はないな。

唾《つば》を呑《の》み込む。股立《ももだ》ちを取り、袖《そで》を括《くく》る。

「藤士郎さま」

「何だ」

「躊躇《ためら》ってはなりません。命取りになります」

もう一度、唾を呑み込み太刀を握る。

躊躇いなく斬れ。

左京はそう告げたのだ。

わかっている。これから始まる戦いは、道場の稽古《けいこ》ではないのだ。敗れれば死ぬ。

しかし、斬れるだろうか。

おれに人が斬れるか。

肉を斬りさいた手応《てごた》えがよみがえる。それが、父を介錯《かいしゃく》したときのものなのか、友の腹に刃《やいば》を突き立てたときのものなのか判然としない。手のひらに汗が滲《にじ》んだ。

「もし、あなたが生きていたら、江戸で会いましょう」

「お互い生きていたら、だろう。おれだけが危ういような言い方をするな」

「わたしは、十中八九《じっちゅうはっく》大丈夫です」

「修羅場《しゅらば》には慣れていると言いたいのか」

「言いたくはありませんが、慣れてはおります」

左京のくぐってきた修羅場がどんなものか、藤士郎には思い描けない。見当さえつかない。それが悔《くや》しかった。

「十中八九とは、つまり、一分《ぶ》か二分は危ういということでもある。油断しないことだな」

「屁理屈《へりくつ》ですね」

「屁だろうが曖《おくび》だろうが、理屈は理屈さ」

「なるほど」

左京の口元がほんの僅《わず》か、綻《ほころ》んだ。見間違いだったかもしれない。

「わたしは、横手から攻《せ》めます。藤士郎さまは、できる限り敵の眼を前方に引き付けておいてください」

「承知」

「くれぐれも逸《はや》らぬよう心置きください。斬り結ぶのはぎりぎりまで待つこと。斬り結ばなくて済むのなら、それに越したことはありません。逃げられるものなら逃げるのです」

「わかった」

「斜面を、できるだけ速く上《のぼ》っていただけますか。あなたを追ってやつらが動く隙《すき》を狙《ねら》います」

「……うむ」

左京の指示はほとんど命令だった。唯々諾々《いいだくだく》と従うのは癪《しやく》だったが、文句を言っている場合ではない。的確な命令なら、命じられたとおりに動くのが得策だろう。

「では、ご無事で」

「そちらこそ。江戸でおれに待ちぼうけをくわせるな」

今度ははっきりと左京は笑んだ。笑んだ刹那《せつな》、身をひるがえす。ほとんど音もなく灌木《かんぼく》の陰に消えた。

天羽《あもう》を囲む山々は、左京にとってどこも我が庭であるらしい。天狗《てんぐ》のようなやつだとずっと思ってきたが、〝ような〟ではなく正真正銘、天狗の生まれ変わりかもしれない。

藤士郎は軽くふくらはぎを揉《も》んでみた。疼《うず》きが幾分《いくぶん》、楽になる。

よしっ。

気合を入れる。

敗れるわけにはいかない。

敵にも自分にも定めにも、みすみす負けるわけにはいかないのだ。この手で止《とど》めを刺した友のためにも、生きる。

藤士郎は深く吸った息をゆっくりと吐き出した。若葉の匂《にお》う木々の間を縫《ぬ》って、駆け上がる。

「いたぞ」

「あそこだ、見つけた」

追手の、どこか勝ち誇《ほこ》った喚声が背後から聞こえる。
「逃《のが》すな、追え、追え」
「追い詰《つ》めろ」
ふざけんな。人を鹿か猪《いのしし》程度にしか考えてないのか。
おれは人間だ。そう容易《たやす》く狩られてたまるか。
脚に絡《から》まる草を引き千切り、踏みしだく。
ひゅっ。
耳元を風が過ぎた。とっさに身を縮める。
目の前の雑木に矢が刺さった。三立羽《みたてば》だ。三枚の雪白の羽根が木漏《こも》れ日《び》を弾《はじ》いた。
追手の中に射手がいる。かなりの腕だ。
くそっ。やっぱり鹿や猪なみだ。
鹿や猪と同じく射かけられた。
怒りが熱い塊《かたまり》になってせり上がってきた。
獣のように扱われる怒り、人を獣と同様に扱う者への怒り。
指先まで熱い。
気配が乱れた。

「ぐわっ」、「敵だ」、「横手だ、おのれ」。叫びと灌木の折れる音、草むらに倒れ込む音。様々な声や音がもつれあって山中に響く。刃を斬り結ぶ音がしないのは、左京がそれを許さないからだろう。左京の動きを封じ、対等に戦える相手は追手の中にはいなかったらしい。もっとも、天羽藩の内にそれだけの手練《てだれ》がいるかどうか怪しくはある。

いるとすれば一人……いや、いたとすれば一人だけ……。

藤士郎は強く頭を振った。

考えるな。考えて詮無《せんな》いことを考えるときじゃない。

後ろからの追手が加われば、いかな左京でもそう容易く切り抜けられまい。時を稼いでくれている間に少しでも前に進む。

前へ、前へ。

引き返し共に戦わぬ自分を恥とも武士の道に悖《もと》るとも思わない。左京が身を挺《てい》して、自分を逃がしてくれたとも思わない。

足手まといなのだ。

左京からすれば、藤士郎が傍《そば》にいれば邪魔でしかない。それだけ力の差がある。よくわかっている。舌を嚙《か》み切りたいほど悔しいけれど、よくわかっている。

だから、逃げる。逃げて、自分の為《な》すべき役目を果たす。

迫ってくる足音を聞いた。

振り向く。

蔦《つた》を絡ませた雑木の陰から、二人の男が現れた。その要はなかろうに、黒い覆面《ふくめん》で顔半分を覆《おお》っていた。

山登りには不向きだな。

一瞬、そんな呑気《のんき》な思案をしてしまった。

「逃がさんぞ」

覆面のせいでくぐもっている声が告げる。

「逃がしてもらわなくて結構。自分の力で逃げ切るさ」

藤士郎は両足を踏み締め、鯉口《こいぐち》を切った。


江戸の夜は屋根の上から明ける。

こけら葺《ぶ》きの、あるいは黒瓦《くろがわら》の、あるいは茅《かや》で葺いた屋根がうっすらと白《しら》む。そこから光は徐々に四方に広がり、まずは空の、続いて地にたむろしていた闇を払っていくのだ。

決して性急ではないが、強靭《きょうじん》で確かな力を感じる。

江戸の夜は屋根の上から明ける。

伊吹《いぶき》藤士郎は江戸に来て、まず、そのことに驚いた。

天羽では、山の端《は》から朝が始まった。

雲さえなければ季節にかかわりなく、金色に縁《ふち》どられた光の筋が山の頂《いただき》から地上へと伸びる。光の筋が麓《ふもと》に届くころ、空はすでに青い。紺でも薄紫でも群青《ぐんじょう》でもなく、ただ青い。

光によって目覚めた鳥たちは、あるものは明けたばかりの空へ飛翔し、あるものは木々の間で鳴き交《か》わす。

そういう明け方を当たり前だと思っていたから、屋根からにょきりと覗《のぞ》く朝の光にも、屋根から人を見下ろしている鳥たちのいかにも太々《ふてぶて》しい姿にも、驚いてしまう。千代田《ちよだ》城の聳《そび》える江戸と生まれ故郷の天羽藩。違っていて当たり前なのだが、その当たり前に気が付いていなかった。

井の中の蛙《かわず》、そのものだな。

藤士郎は江戸の空を見上げ、時折、ため息をつく。

生まれ育ち、母も姉も友も暮らしている天羽の地を出た。江戸詰めを命じられたわけでも、主君の参勤に供をしたわけでもない。藩の許しをとらず、正式な手続きもふまず己の意思で出た。

脱藩だ。

出奔《しゅっぽん》の罪を咎《とが》められてもしかたない振舞だった。

悔《く》いてはいない。

僅《わず》かも悔いはなかった。迷いもなかった。日を遡《さかのぼ》り、あの夏の初めに戻ったとしても同じことをする。

「藤士郎さん、いるかい」

腰高障子《こしだかしょうじ》が横に滑《すべ》る。

風がどっと吹き込んできた。

湿《しめ》って、熱を孕《はら》んだ風だ。同時に、蚊《か》の羽音が耳の傍で唸《うな》った。

この湿気と虫の多さにも驚いている。

これは江戸の風土というより、藤士郎が今、住処《すみか》としている裏長屋の様ゆえかもしれない。間口二間、土間二畳、板の間二畳、座敷八畳。押入れ、納戸《なんど》の類《たぐい》はない。琉球《りゅうきゅう》畳に荒壁。連子格子《れんじごうし》窓。雨戸はあるが戸袋はなく、出入り口脇に重ねて仕舞う。路地には溝が掘られ、汚水や雨水が流れる。泥溝《どぶ》板と呼ばれる板を並べて一応、溝を塞《ふさ》いではいるが、少しまとまった雨が降ると、汚水などがあふれ出して異臭が漂った。

井戸も厠《かわや》も芥溜《ごみため》も長屋奥に一つあるだけだ。路地を挟んで並ぶ長屋の庇《ひさし》が迫っているので、日が差し込むことはほとんどなく、地面はいつも湿っていた。

父が生きていたころは五百石取りの上士《じようし》に相応《ふさわ》しい屋敷に住み、藤士郎のための部屋をあてがわれていた。厠はもちろん風呂場も設けられていたし、隅々《すみずみ》まで掃除が行き届いて、庭には季節の花が咲き誇っていた。父が切腹の沙汰《さた》を言い渡され、藤士郎が母の茂登子《もとこ》、姉の美鶴《みつる》とともに領内所払いとなった後、屋移りした家は屋敷とは比べ物にならないほど粗末で、苫屋《とまや》と呼んでも差し支《つか》えない代物《しろもの》だった。それでも、囲炉裏《いろり》を切った一間はゆうに十畳を超えていたし、小間もあり、台所も二、三人が立ち働くには十分な広さがあった。

あれでも贅沢《ぜいたく》だったんだな。

江戸の裏長屋での暮らしは藤士郎に現《うつつ》を突き付ける。突き付けられた現をどう呑み込むか、どう受け止めるか、まだ戸惑《とまど》いの最中《さなか》だ。

季節はすでに、夏の盛《さか》りを越えた。もっとも、暑さはまだ続くし、蚊の襲来もこれからが本番だと脅《おど》かされてはいる。

脅かした張本人、お代《だい》が二畳の土間に立っていた。

年の割には大人びた少女だった。二軒先に住む鋳掛屋《いかけや》の娘で、若い武士が珍しいのか生来の世話好きなのか、藤士郎がこの黒松《くろまつ》長屋に越してきてから一日に一度は顔を覗かせ、ときには惣菜《そうざい》の一品などを届けてくれたりもする。

お代が父と妹の三人暮らしで、ちょうど一年前に母を亡くし、幼い妹の世話と家事全てをこなしていると知ったのは、ついこの前のことだ。

「お代か、何用だ」

広げていた本を閉じ、土間に顔を向ける。越してきた当初こそ、ろくに声もかけないでいきなり開けられる障子戸やおかみさん連中のあけすけな物言い、娘たちの蓮《はす》っ葉《ぱ》な仕草や口調に啞然《あぜん》としたものだが、人はたいていのことに慣れるものらしい。今では、格別何も感じなくなった。むしろ、ほとほと遠慮がちに戸を叩《たた》かれたりすると、心身が緊張する。

柘植か。

「もし、あなたが生きていたら、江戸で会いましょう」

左京は確かにそう言った。

左京がどう思っているかわからないが、藤士郎は一つの約定《やくじょう》だと信じている。

江戸でまた会おう。

そういう約定だ。

「何用だはないだろ。偉そうにさ」

お代はふんと鼻を鳴らした。紅《べに》を引いたわけでもないのに艶《つや》やかに紅い唇を突き出す。顎《あご》を上げ、軽く睨《にら》んでくる。そういう仕草が妙に婀娜《あだ》っぽい。江戸では、少女たちは天羽より一足も二足も早く大人になるようだ。

「ほら、これ食いなよ」

お代が板の間に小鉢を置く。

「瓜《うり》の漬物。あたいが漬けたやつさ。前に美味《うま》いって言ってただろ」

「ああ、あれか。確かに美味かったぞ」

藤士郎の一言に、お代がにっと笑った。いかにも嬉《うれ》し気《げ》な表情だ。そうすると、年相応の柔らかさが滲む。陰りのない少女の笑顔が少しばかり眩《まぶ》しい。

藤士郎は視線をお代から小鉢に移した。縁の欠けた白い鉢の中に、鮮《あざ》やかな緑色の漬物が山盛りになっている。

「食ってみなよ。前のより美味いはずさ」

お代が胸を反《そ》らせる。

漬物には楊枝《ようじ》が一本、刺してあった。それを摘《つま》み上げ、口の中に入れる。とたん、瓜の瑞々《みずみず》しさと風味が広がる。

「うん、美味い」

「だろ。おっかさんから教えてもらった漬物なんだ。暑気中《あた》りにも効《き》くんだからね」

「へえ、暑気払いにもなるのか」

「そうさ。あたいの漬物を食って、甘酒でも飲んでみなよ。暑さ負けなんて決してしないからさ」

「そりゃあいいな。甘酒屋と組んでこの漬物を売り歩いたら、けっこういい商売になるかもしれんぞ」

お代が瞬《まばた》きをする。口を大きく開けて、ははっと笑いだす。こういうところには、まだ慣れない。姉の美鶴にしろ母の茂登子にしろ、歯を見せて笑うことはなかった。

「じゃあさ、藤士郎さんが甘酒売りなよ」

「おれが？」

「そうさ。あたいが漬物を売って、藤士郎さんが甘酒を売る。二つ合わせて暑気払い大明神なんて幟《のぼり》をたててさ。もしかしたら、大当たりをとるかもしれないよ。そしたら、おぜぜが、がっぽり入ってくんじゃないか。あたいも藤士郎さんも一夏で分限《ぶげん》者《しゃ》だ。はは、こりゃめでたいね」

「お代は分限者になりたいのか」

「当たり前じゃないか。藤士郎さんはなりたくないのかい」

「いや……。そういうわけじゃないが……」

「何だよ、歯切れが悪いねえ。いらいらしちまうよ。言いたいことあるなら、さっさと言っちまいな」

お代がまくしたてる。別に怒っているわけでも、本気で苛立《いらだ》っているわけでもない。ぽんぽんと言葉を投げつけ、圧倒する。考えあぐねたり、悩んだり、曖昧《あいまい》にぼかしたりすることを嫌う。愚痴《ぐち》や弱音や言い訳を忌《い》む。それが江戸の気風というものらしい。優雅、典雅とは程遠いが逞《たくま》しく威勢よく、これはこれでなかなかにおもしろい。ただ、天羽という国で生まれ育った藤士郎にすれば、言葉の礫《つぶて》を投げつけられてもどうしようもない。受けて返す芸当などできないのだ。だから、天羽のゆるりと丸く、語尾がふわっと浮き上がるような言葉遣《づか》いが懐《なつ》かしくなる。

「まさか、この世には銭《ぜに》じゃ買えないものがあるなんて説教垂《た》れるつもりじゃないだろうね。へっ、そんな御託《ごたく》、笑い飛ばして、蹴散《けち》らして、鼻紙で丸めて捨てちまうがいいさ」

「言うつもりはとんとないが、この世には金で購《あがな》えぬものが、けっこうあるのではないか」

ふん。お代がまた、鼻を鳴らした。

「例えば、どんなものさ」

「え？」

「銭で買えないものって、どんなものがあるんだよ」

「それは……」

とっさに答えられなかった。

お代が顎を上げる。腕を組み、足を広げた立ち姿は男のようだ。その姿のまま、唇を一文字に結んでいる。黙って、藤士郎の返答を待っている。

「例えば……若さとか、健《すこ》やかな身体とか、他人を信じ、信じられる心とか……。うん、たくさんあるんじゃないのか」

お代が腕を解《ほど》く。足を閉じ、一息を吐き出した。疲れた年増《としま》を思わせる仕草だ。

「藤士郎さんて、分限者なんだね」

「おれが？　いいや、そんなわけないだろ」

分限者なら、こんな長屋に住んでいないと続けそうになって、慌《あわ》てて口を閉じる。お代はこんな長屋で生まれ、ここでずっと暮らしている。ここより他の場所を知らない。

「今は素寒貧《すかんぴん》かもしれないけど、昔はかなりいい暮らししてたんじゃないのかい。そうだよね」

「まあ、貧しくはなかったかもしれないが……」

「朝夕、白いまんまが食えたんだろう」

「ああ、それは……食ってたな」

江戸では朝炊《た》いた飯を昼も夜も食べるようだが、伊吹の家では朝と夕の二回、飯を炊いた。雑《ま》じり気のない白米だ。炊き立ての白飯は野菜の煮付けや焼き魚、香《こう》の物とともに膳《ぜん》に並ぶ。決して豪勢ではない。むしろ質素なぐらいだと考えていた。それがどれくらい傲慢《ごうまん》だったか、藤士郎なりに解《かい》せるようになった。

傲慢だった。

あって当然だと考えることの傲慢さに気付かずにいた。気付こうともしなかった。

あなたは、何も知らない。

左京に断じられた。それは、あなたは傲慢だと断じられたということだろう。人は無知ゆえに傲慢になる。

「上等じゃないか。白いまんまが食えるなんてりっぱな分限者さ。あたいはね、蔵の中に金銀財宝が唸ってるような長者さまになりたいわけじゃない。あれこれ思案しなくったって、白いまんまが口に入る暮らしが欲しいだけさ」

ふいにお代の頬《ほお》に赤みが差す。

「つまんないこと言っちまった。ごめんよ。気を悪くさせちまったら、堪忍《かんにん》しておくれよね」

「いや、そんなことはない。そうだな。ちゃんと飯が食えるのはありがたいな。今なら、おれにもそのありがたさが身に染《し》みる」

「じゃ、よかったじゃないか」

「うん？」

「ありがたさがわかったんだろ。飯を食えたとき、ありがたいって思えるんだろ。それ、幸せじゃないか。ありがたい、ありがたいって本気で思えるのは幸せなんだってさ。これも、おっかさんから教えてもらったんだ」

「そうか。お代の母上はりっぱな方だったんだな」

「まさか。とんでもないあばずれだったよ。酒が好きでさ。しょっちゅう飲んでた。

だから酒毒《しゅどく》にやられて、あっさり逝《い》っちまったんだ。死ぬ間際まで酒を欲しがってたよ。あたいに空《から》の徳利《とっくり》、押し付けて、これ一杯、酒を買ってこいって喚《わめ》いてたね。もう半分、死にかけてたのに、どこに喚くだけの力が残ってたんだろうな。酒って、ほんと怖いなあってつくづく思うんだ」

「うむ……」

お代の語る事実があまりに凄《すさ》まじくて、その冷めた口調にも気圧《けお》されて言葉を失う。

「けどまあ……素面《しらふ》のときは、わりとまともだったんだ。お針とか瓜の漬け方とかきちんと教えてくれたしね。あはっ、あたい、こう見えてお針、得意なんだ。繕《つくろ》い物があるなら出しなよ。きれいに直してあげるからさ」

「いや、今のところは大丈夫だ」

やんわりと断る。そして、もう一口、瓜の漬物を齧《かじ》る。

「姉上の漬物に似てるな」

我知らず、呟《つぶや》いていた。

最初口にしたときも感じた。

美鶴の味と似ている。

美鶴も漬物が得意だった。こちらは、昆布と一緒に漬け込むのだが、瓜も茄子《なす》も風味があって美味い。

小さな呟きだったが、お代の耳は聡《さと》く拾ったようだ。

「藤士郎さんて、姉《あね》さまがいるのかい」

「ああ、いる」

「へえ、どんな人」

板の間に腰を下ろし、お代は目を輝かせた。

「藤士郎さんの姉さまなら、けっこう、別嬪《べっぴん》なんだろうね」

「うーん、佳人《かじん》の類には入るかもしれん。気取《きど》ったところとか見栄張りのところがなくて……、でも、凛《りん》としている。そうだな、花にたとえたら山百合《やまゆり》みたいな人かな」

「山百合」

お代の黒目がうろつく。

「すごいね」

「何がすごいんだ」

「弟から山百合にたとえられるなんてさ、すごい姉さまじゃないか。今、その人、どうしてんのさ。嫁に行ったのかい」

風の音を聞いた。

江戸ではない。天羽の外れにある砂川村《すながわむら》の風だ。所払いを言い渡され、屋敷も土地も没収され、追いやられた僻村《へきそん》だ。

藺草《いぐさ》の産地でもあった。

その藺草田を渡る風音を聞いたのだ。

藺草は寒さの盛りに植えつけ、暑さの盛りに刈り取る。藤士郎が天羽を離れたときは、刈り取る少し前だった。

猛々《たけだけ》しい草だ。

葉先が針の如《ごと》く尖《とが》り、天を衝《つ》くように伸びていく。人の腰のあたりまでの長さとなり、濃い緑の色を纏《まと》う。

ざわざわざわ。

ざわざわざわ。

風と共にしなり、うねり、音を立てる。

その音を聞いた。そして、田の畔《ほとり》に立つ美鶴が見えた。

姉上、どうしておられますか。

わたしは生きております。

美鶴が振り向き、視線を空に投げた。

姉上……。

藤士郎は目を閉じる。

風はまだ鳴りやまない。

第二章　佇《たたず》む女

家は道よりやや高めの一画にあった。

山を背にして建っている。

かつては豪農とまではいかないものの、かなりの田畑《でんぱた》を所有していた百姓の持ち家だったらしい。その家に不幸が続き、数年前に廃屋《はいおく》となったまま捨て置かれた。

そういう事実を美鶴が知ったのは、ほんの十日ほど前だ。教えてくれたのは、お由《よし》だった。村の世話役を担《にな》っている吉兵衛《きちべえ》という庄屋の娘になる。

「それがねえ、美鶴さま。その不幸っちゅうのが何ともけったいちゅうか、恐ろしいちゅうか」

本当に恐れを感じているのか気を持たせているだけなのか、お由は口をつぐみ、軽く身体を震わせた。

「恐ろしい話なの？　それは是非《ぜひ》、聞かせてくださいな」

「怖い話はお好きかね」

「ええ大好き。どんなお話？　この家で誰かが殺されたとか、首を吊《つ》ったとか、そういう類《たぐい》のものかしらね」

「いやいや、猫に祟《たた》られたんですが」

「まあ、猫の祟りですか。では、前の主《あるじ》の方は猫の怨《うら》みをかったのですね」

「へえ、なんせ、十匹ちかく殺したんで祟られもしますわな。ここらじゃたいていの家は、鼠捕《ねずみと》りに猫を飼っとります。けど、ここの家の主は猫が嫌いで目の敵《かたき》にしとったそうですが。まあ、猫は糞《ふん》をするのに畑を掘ったりしますけえの。うちも植えたばかりの苗を掘り起こされて往生《おうじょう》した覚えがあります。ええ、あれには、ほんま往生しました。さすがに腹が立ちましたでな」

「でも、殺したりはしないでしょ」

さりげなく話の筋《すじ》を戻す。

そうそうとお由が頷《うなず》いた。

「殺したりはしません。猫は役に立ちますでな」

「でも、主は殺した。十匹も？」

「へえ、毒団子を作ってそこら中にばらまいたんです。見境なしですわね。それで野良も飼い猫も含めてたんと猫が死にました。犬も一匹、死にましたで」

「それは惨《むご》いこと」

「でしょ。村の者は祟りがあるぞ、せめてお祓《はら》いぐらいしろって言うたんです。でも、憎らしいことに鼻の先で嗤《わろ》うてお仕舞いにしてねえ。ほんま、偏屈で頑固な男でしたがの。けど、毒団子を撒《ま》いて二月《ふたつき》もせん間に女房が亡くなって……。ええ、急な病でぽっくり。そしたら、一月《ひとつき》後には主の母親の婆《ばば》さまが転んだ拍子に動けんようになって、寝たっきりのまま死にましたが」

「まあ、ほんとに不幸が続いたのね」

「へえ、最後は主が亡《の》うなりました。高い熱が出て三日三晩苦しんだ末に、ですわ。看病した者によると、最期には目玉がぴかぴか光って、『にゃあにゃあ』て鳴いたそうです」

美鶴は噴《ふ》き出しそうになった。

そっくりの話を読本《よみほん》で読んだ覚えがあったのだ。おそらく、その主が猫嫌いだったのも、家人が相次いで亡くなったのも事実だろう。そこを誰かがおもしろおかしく恐ろしく、話を盛った。それが真相ではないか。

「あ、けどこの家は祟られちゃおりませんから。ちゃんとお祓いもしとりますからね。すみません。いらぬことを言うてしもうて」

笑いをこらえる美鶴の表情を取り違えたのか、お由が身を縮めた。

次の正月で四十を超えるというお由は、婿《むこ》取り家付きの一人娘で親からも夫からも甘やかされ放題だと、自分で告げた。告げた後に、からからと笑い「でも、これでも働き者なんですけえね」と続けた。

「ええ、わかりますよ」

美鶴は頷く。

「お由さん、働き者のご様子ですもの」

お由は肩幅の広い、引き締まった体躯《たいく》をしていた。四人の子を産んで二人を亡くしたと本人から聞いたが、子を生《な》した女の柔らかさも緩《ゆる》みもない身体だ。よく日焼けして、笑うと皓歯《こうし》が際立《きわだ》つ。父親はいざ知らず、夫はこの笑顔に絆《ほだ》されてお由を甘やかしているのだろうと、美鶴は臆度《おくたく》している。

がっしりした腕も脚も、広い肩も、薄茶色の焼けた肌も働き者の証《あかし》そのものだ。

農民の仕事は天とともにある。

だから過酷だった。

天も山も川も大地も、おそらく海も、人に多くの恵みを与えてくれはするが、人から多くを奪いもする。川は氾濫《はんらん》し、田畑も家屋も人も押し流す。山は崩《くず》れ、人ごと家を呑《の》み込む。風は収穫直前の作物をなぎ倒し、日照りは枯死《こし》させ、長雨は腐《くさ》らせる。いつ襲いかかってくるのかわからない。油断しても、手を抜いても、信じすぎても手酷《てひど》くやられる。

戦《いくさ》だと、美鶴は感じる。

農民たちは人知の及ばない天地と戦っている。叩《たた》きのめされても戦い続ける。そして、天の褒美《ほうび》のような作物を手にするのだ。

年貢と称して、武士たちは農民からその褒美を取り上げる。大半を持ち去ってしまう。領内所払いを命じられ、この砂川村に移ってきてから美鶴は、自分を天鼠《こうもり》のように感じることが度々あった。

鳥でもなく鼠でもなく、どっちつかずの生き物だ。もっとも、天鼠は天鼠として生きているわけで、どっちつかずであるわけもないのだが。

わたしは、どっちつかずだ。

武家にも百姓にもなりきれない。

天羽藩の上士《じょうし》の娘として育った。上士の許《もと》に嫁ぎ、このまま一生を武家の女として過ごす。子を生して、子を育て、親を看取《みと》り、静かに老いていく。多少の波風は立っても、波乱も破綻もない人生を辿《たど》る。

疑いもしなかった。

それより他の道を歩む自分を思い浮かべることができなかった。あのままだったら……。もしもを考えても詮無《せんな》いだけだ。考えても考えても、どれほど考え続けても現《うつつ》は変わらない。びくともしない。よくわかっている。けれど、つい、考えてしまう。もしも、と。

もしも、父があんな非業の最期を遂《と》げなければ、と。

「市中の商人と結託し、私腹を肥《こ》やし、藩の財政を損耗《そんもう》せし罪により、伊吹斗十郎《とじゅうろう》に切腹を申しつける。伊吹家は家禄《かろく》を二十分の一に減じ、屋敷を没収、家人は砂川村への領内所払いを命じる」

城からの使者の口上《こうじょう》を今でも、はっきりと覚えている。心に刻《きざ》み込まれてしまった。

仲冬《ちゅうとう》を迎える、その僅《わず》か手前の時期だった。天羽一帯で〝しれと〟と呼ばれる山《やま》颪《おろし》が吹いていた。山茶花《さざんか》の花が風に白い花弁を散らした。そんなことまで覚えている。使者を迎えるために母が活《い》けた菊が薄紫だったのも覚えている。

父は無実だと信じていた。美鶴には政《まつりごと》の仕組みなど何一つ解《かい》せない。しかし、父、伊吹斗十郎が蓄財や保身に汲々《きゅうきゅう》とする男ではないことはよくわかっていた。道理が大きく歪《いびつ》に撓《たわ》んで、父は罪人に貶《おとし》められ、切腹させられた。

そう信じていた。だから、いつか真実が明らかになり、父の無念を晴らせる、晴らしたいと望みも願いも胸に抱えていたのだ。

信じていた。今も信じている。

ただ、揺れはする。父を信じているのではなく、信じたいだけなのではないか。信じたい想いゆえに、信じたいものしか見ていないのではないか。そんな風に、揺れてしまう。

美鶴にとって、いや、弟、藤士郎にとっても、母、茂登《もと》子にとっても斗十郎は大きな人物だった。磊落《らいらく》で豪胆で、悠々と空を行く大鷲《おおわし》の如くだったのだ。少なくとも美鶴は父の翼に守られ、困難からも悲運からも困窮《こんきゅう》からも隔《へだ》たっていられると思っていた。翼はときに傘になり、ときに壁になり、ときに盾《たて》となって、風雨や礫《つぶて》を防いでくれると甘えていた。

その翼が唐突に消えた。

伊吹斗十郎は罪人として切腹して果てた。美鶴は婚家を去り伊吹家に戻った。母や弟とともに砂川村に移り、新たな暮らしを始めた。怒濤《どとう》の日々、そんな言い回しが決して大仰《おおぎょう》ではない一日一日《ひとひひとひ》であったし、それはまだ、続いている。終わったわけではないのだ。

藤士郎も左京も行ってしまった。

二人が天羽の山を越え、江戸へと向かってからすでに三月《みつき》を経て、季節ははや夏半ばを過ぎた。

帰ってこない。

夏までには必ず戻ります。

発《た》つ間際、朝靄《あさもや》の中で藤士郎は告げた。夏までには戻って、藺草《いぐさ》の刈り取りをするとも言った。その刈り取りはもう始まっている。

嘘《うそ》つきね、藤士郎。

心の中で弟を叱《しか》る。できるなら、面と向かって詰《なじ》ってやりたい。

「こんなに待たせるなんて約束が違うでしょう。ほんとに、あなたは昔から、わたしとの約束を軽《かろ》んじるところがあって困りものだわ」

心外ですと、藤士郎は唇を突き出すだろう。

「わたしにはわたしの事情があります。これでも懸命に、一日でも早くと帰ってきたのですぞ。嘘つき呼ばわりは些《いささ》か遺憾《いかん》です」

「だって、嘘をついたじゃありませんか。藺草の刈り取りはもう終わりですよ。あなた、刈り取り仕事を請け負うって言ってたくせに」

「それは……来年に回します」

「あら、その前に植え付けがありますよ。田の氷を割って苗を植えるとか。寒がりのあなたにできますか」

「できますとも」

藤士郎は胸を張り、美鶴を見下ろしてくる。

そんな姿が眼裏《まなうら》に浮かぶ。

詰ったりしない。

怒ったりするものですか。

美鶴は何度もかぶりを振る。

生きて帰ってくれさえしたら、生きてわたしの前にいてくれさえしたら、何も言わない。何も言わないから。

ただ、黙って抱き締める。

三月の間に、痩《や》せたかもしれない逞《たくま》しくなったかもしれない弟の身体をありったたけの力で抱き締める。その温もりを、鼓動《こどう》を、息遣《いきづか》いを自分の身体に染み込ませる。そして、礼を伝える。

帰ってきてくれてありがとう、藤士郎。

美鶴は両手で顔を覆《おお》った。嗚咽《おえつ》を奥歯で嚙《か》み殺す。

藤士郎が何を決意して江戸に上《のぼ》ったのか、知らない。藤士郎は一言も語らなかった。けれど、それが父の死と密に結びついているのは確かだ。

父の潔白を明らかにするために、弟は脱藩してまで江戸を目指したのか。そうだとは言い切れない想いが、胸の内にある。あのときも、今もある。

藤士郎はもっと遠くを見据《みす》えている。

そんな気がしてならない。

あの子は真実を摑《つか》みたいと望んだのではないか。

自分を取り巻く諸々《もろもろ》の事実の正体を見極めようと、決意したのではないか。大人たちの底意や存念に歪《ゆが》められた世の中の、真の姿を知ろうと足を踏み出したのではないか。

そんな気がしてならないのだ。

藤士郎なら、そういう生き方を選ぶ。生まれたときから傍《そば》にいた。ずっと藤士郎と同じ道を歩いてきた。

「美鶴さま、弟君がお生まれになりましたよ」

女中頭《がしら》のおふゆが報《しら》せてくれたのは、霧の流れる朝だった。雲が割れて一筋の光が差し込み、霧の流れを金色《こんじき》に染めていた。その美しさに見惚《みと》れていたとき、弟の誕生を教えられたのだ。

「赤ちゃん、生まれたのね」

「はい。りっぱな若さまですよ。ほら」

おふゆが自分の耳に手を当てる。つられて、美鶴も耳をそばだてていた。霧の向こうで声がする。

ほぎゃ、ほぎゃ、ほぎゃ。

呱々《ここ》の声や産声《うぶごえ》という言葉すらまだ知らなかった。それほどに幼かった。でも、微《かす》かに耳に届いてくる声に胸が震えた。

生まれてきた、生まれてきた、この世に生まれてきた。

高らかに、誇らしげに、力強く、その声が告げる。

「美鶴さまは、お姉さまになられたのですよ」

おふゆが美鶴の手を握った。

「お姉さま……」

赤ちゃんが生まれたら、母《かか》さまや父《とと》さまは美鶴を忘れておしまいになるのではないかしら。

ずっとわだかまっていた幼い憂《うれ》いが吹き払われる。それに代わって、熱いほどの喜びが湧《わ》き上がってきた。

「おふゆ。美鶴は、ほんとうにお姉さまになったのね」

「はい。お姉さまです。美鶴さまは若ぎみのお姉さまにおなりですよ。お喜び申し上げます。ようございましたねえ」

「うん。嬉《うれ》しい、嬉しい」

熱い喜びに突き動かされ、身体が跳《は》ねる。おふゆの首に抱き着くと、柔らかな腕がしっかりと抱え込んでくれた。

あの麗《うるわ》しい朝からずっと、美鶴は藤士郎の傍《かたわ》らにいた。周りから「小さい母さま」と呼ばれるほどいつも近くにいて、見守ってきた。そんな姉を藤士郎も慕《した》ってくれていたはずだ。

もう赤子でも童《わらべ》でもない。一人前の男になった。美鶴もいったんは人の妻となり、男と女の睦《むつ》みごとも知った。人は変わる。刻々と変わる。誰も昔のままではいられない。でも、姉と弟であることに変わりはなかった。そこだけはびくとも揺るがなかった。

自分が茂登子の娘ではなかったこと、藤士郎とは母が異なること、柘植左京と双子の姉弟であったこと、自分だけが伊吹家に引き取られ育てられたこと。受け止めかねるほどの事実を知ってしまったけれど、揺るがない。

藤士郎はわたしの弟だ。そして、柘植どの、いや、左京も……。

左京の眸《ひとみ》を思い出すたびに美鶴は微かに震えた。

澄んで美しい。

見詰《みつ》められた一瞬、そう感じるのに、後になって気付く。

あれは美しいだけの眸ではない、と。

底のない闇のようであり、手負いの獣のようでもある。深く、暗く、奥に尋常でない何かが蹲《うずくま》っている。

この方はこんな眼をどこで覚えたのかしら。

まだ血の繋《つな》がりを知らなかったころから、気になっていた。実の弟とわかった後はさらに気がかりとなった。

藤士郎とはあまりに違う。

左京の暗みを厭《いと》う気はさらさらなかったけれど、危ういとは思う。人はどこかに光を宿さなければ生きていけない。漆黒《しっこく》の闇の中に僅かな明かりを灯《とも》して、人は生きてきたのだ。生きていくのだ。それがなければ、いずれ闇そのものに呑み込まれてしまう。左京はそのことに気が付いているだろうか。思い煩《わずら》う。

でも、もしかしたら藤士郎が左京を救うかもしれない。あの子が左京の明かりになってくれるかもしれない。

それだけの力が藤士郎にはある。

信じられた。左京にも信じてもらいたい。次に再会したとき、眸の奥に揺らめく明かりを見届けたい。

逢《あ》いたい。二人に逢いたい。

どうして、こんなに遠く隔たってしまったのだろう。

どこでどうしているのかさえ、定かではない。時折、不安に、怯《おび》えに圧《お》し潰《つぶ》されそうになる。

あの子たちはもう、生きていないのではないか。どこかで骸《むくろ》になっているのではないか。父上さまのように……。

怖くて、辛《つら》くて、声を上げそうになる。

そのたびに美鶴は唇を噛んで、耐えた。

泣いてはいけない。涙など誰の助けにもならないのだ。それならば、顔を上げて、胸の内で祈るしかない。

帰ってきて、二人とも。お願い、お願い。藺草の刈り取りはもうお仕舞いになります。夏が行ってしまうの。だから帰ってきて。ここに帰って、共にこの風景を眺めて。帰ってきて、いえ、帰ってくるのですよ。必ず、帰ってくるのですよ。

藺草の刈り取りは日差しを避けて、夜明けから早朝にかけてと夕暮れから小夜《さよ》にかけて行われる。まだ明けやらぬ、あるいは、暮れていく藺草田に鎌の音が響く。人が蠢《うごめ》く。

酷寒に植え付け、酷暑に刈り取る。

藺草は厳しい草だ。人に過酷な労役を強《し》いる。

刈り取った後も、染土《せんど》と呼ばれる粘土状の水に浸《つ》ける泥染《どろぞめ》、天日干《てんぴぼ》しを経なければならない。それを畳表や敷物にするには、その上に織機《しょっき》を使って織り上げねばならないのだ。さらに畳にする職人がいて、売りさばく商人がいる。

伊吹家にいたときも嫁ぎ先の今泉《いまいずみ》家にいたときも、自分が踏み、座り、夜具を敷いていた畳がここまで人の苦労と手間を潜《くぐ》っていたなんて、考えもしなかった。考えようともしなかった。畳だけでなく、口にする米が魚が菜が、身につける小袖《こそで》や帯、足袋《たび》が、日ごろ使う器《うつわ》が道具が、幾《いく》つもの見知らぬ人の手を経てそこにあったことなど頭の隅を過《よぎ》りもしなかった。

何て思い上がった小娘だったのだろう。

来《こ》し方《かた》を振り返るたびに、ため息が零《こぼ》れる。

美鶴は今、機《はた》を織っている。畑も耕《たがや》している。

暮らしのためだ。

日に焼けた。指も太くなった。手拭《てぬぐ》いを被《かぶ》り物にして、化粧とも簪《かんざし》とも縁が切れた。身を飾っているのは娘のころから使っている鴇色《ときいろ》の手絡《てがら》と同色の木櫛《きぐし》だけだ。

そんな境遇《きょうぐう》を憐《あわ》れむ気も、嘆《なげ》く気も起こらない。

どういう配慮なのか、藩は伊吹家に対し、僅かながら扶持《ふち》を与えていた。二十分の一に減らされてはいたが、母と老僕と自分と三人の糊口《ここう》を凌《しの》ぐには何とか足りる。それでも、美鶴は働いた。機を織り、畑を耕し、山菜や茸《きのこ》を求め山に入った。

性《しょう》に合っている。

上士の娘、あるいは妻として何も知らず、何も考えず、格式と決まり事の内で生きていくより、砂川村での日々の方が性に合っている。額《ひたい》に汗を浮かべ、土に塗《まみ》れ、日差しを受け、糸を機にかける。それで銭《ぜに》を稼ぎ、暮らしの糧《かて》にする。父や夫に寄りかかるのではなく、背負うべきものを自分で背負う。

胸が空《す》く。

砂川村の女たちの多くが当たり前のようにそんな生き方を貫いていた。瘦せて貧相な女たちが逞しく暮らしを支えている。お由もその内の一人だ。もっとも、お由は瘦せても貧相でもないが。

藤士郎と左京の脱藩の後、しばらく、美鶴たちは吉兵衛の屋敷に匿《かくま》ってもらった。藤士郎がそう差配《さはい》したのだ。万が一のためですと。

万が一、何が起こるのか。藤士郎が自分が母が、どんな渦《うず》に巻き込まれるのか美鶴は問わなかった。問うても弟は答えてくれないとわかっていた。藤士郎は藤士郎の背負うべきものを背負ったのだ。全て己《おのれ》で引き受けた。

問うことはできなかった。

問わぬまま、旅立つ後ろ姿を見送った。

それから一月近く吉兵衛に世話になり、美鶴はこの家に戻ってきた。吉兵衛は村の世話役であるから、所払いとなった伊吹家の者たちを見張る役目を担っている。にもかかわらず、屋敷内に匿い、あまつさえ丁重にもてなしてくれた。

「あなたさまたちは、わしら百姓を見下すことがなかった」

と、吉兵衛は言った。美鶴が帰宅の志《こころざし》を告げ、一月に及ぶ温情に礼を述べたときだ。

「わしも大勢のお武家さまと関わり合《お》うて参りましたが、わしらを見下さず、共に生きると決めてくださったのは、美鶴さま、あなたさま方だけでございましたよ」

そこで吉兵衛は大きく一つ、首肯《しゅこう》した。

「お帰りになっても大丈夫でしょう。わしには政はわかりかねますが、執政の方々があなたさまたちに危害を加える心配はないものと推察いたします。もしかしたら……それどころではないのかもしれませんなあ」

「それどころではない？　吉兵衛どの、それはどういう意味でしょうか」

小首を傾《かし》げた美鶴に向かい吉兵衛は屈《かが》みこみ、囁《ささや》いた。

「確《しか》とは存じませんが、お城の中が何やら騒がしい、妙にどたばたしておるようです」

「それは何故《なにゆえ》です」

「わかりません。わしらにわかろうはずもございませんで。まあ、政を司《つかさど》る方々はよく騒がれますがな」

「藩政の要《かなめ》が乱れていると言われますか」

「ですから、わからぬのです」

吉兵衛はかぶりを振った後、軽く肩を窄《すぼ》めた。

「わかっているのは執政方の目が、こちらに向いていないことぐらいでしょうかの。だから、美鶴さまがあの家にお帰りになってもよろしいでしょう。ただ、用心はお忘れなきように」

「はい。吉兵衛どの、まことにありがたく存じ上げます」

手をつき、低頭する。

「お武家さまがわしらに頭など下げるものではありませぬ」

「いいえ、大変なご恩を受けました。忘れはいたしませぬ」

「そのお言葉だけで十分でございますよ。しかし、美鶴さま」

「はい」

「あの家に帰られて、その後、どうされるおつもりですかな」

「え？」

「この砂川村にずっとお住まいになるか、それとも、お家の再興を望んでいつか出て行かれるのか、お心積もりはございますかの」

吉兵衛の表情が引き締まる。値踏みするような光が眼に宿った。

「わたしは……」

世話役の視線を受け止め、美鶴は息を呑み下した。

「まだ心が定まりません」

暫《しばら》くの躊躇《ちゆうちよ》の後で、正直に告げる。

「武家の女としてなら、伊吹家の再興こそを第一義とせねばならぬでしょう。でも……」

言い淀《よど》む。吉兵衛が煙草盆《たばこぼん》を引き寄せた。火入れから種火を摘《つま》み出し、煙管《キセル》に近づける。

「でも、それを自分が本心から望んでいると言い切れぬのです」

ほわり。吉兵衛の口から煙が吐き出される。

「では何を望んでいるか、それも言い切れないのです。いえ……」

美鶴は流れていく紫煙《しえん》を目で追った。

「今望んでいるのは、弟が無事に戻ってくることだけです」

「さようですか」

吉兵衛は煙管を置いて、居住まいを正した。

「美鶴さま、わしらには身分ちゅうものがございます。それを越えて、わしらがお武家になることはできません。けんど、お武家さまがわしら百姓と同じように生きるちゅうのも、また至難でございますよ。身分とはそういうものです。己の分《ぶん》からはみ出す者をそうそう容易《たやす》くは受け入れちゃあくれませんで。お武家にはお武家の百姓には百姓の生き方がございますでの」

吉兵衛の穏《おだ》やかな物言いは、美鶴を諭《さと》しているようにも励ましているようにも聞こえた。

「けどまあ、あの家でお待ちになるのがよろしかろう。ただ、うるさいかもしれませんぞ」

「うるさいとは？」

「お由です。あやつ、美鶴さまのことをえらく気に入ってしもうたようで。お戻りになっても、さいさい訪ねていくかもしれませんで。なに、邪魔なようなら尻でも蹴飛《けと》ばして、追い出してくだされればよろしいからの。まあ、お由の尻を蹴ったりしたら、美鶴さまの方が足を痛めるかもしれませんが」

「まあ、吉兵衛どのったら」

少し笑うことができた。それだけで、気持ちが強くなる。

とりあえず、そう、とりあえずだ。

どれほど迷っても、憂いを抱えていても、とりあえず生きねばならない。生きていなければ、弟たちを迎え入れることはできない。

美鶴はもう一度、深く頭を下げた。

吉兵衛の言う通りだった。お由は二日か三日に一度は必ず、顔を覗《のぞ》かせるようになったのだ。

別に嫌ではなかった。

お由のおしゃべりはとりとめなく、つい聞き流しそうにもなるのだが、じっくり耳を傾けていると村のうわさ話や仕来《しきた》り、人と人との関わりがそれとなく知れておもしろい。役にも立つ。苗の植え付け方や育て方も教えてもらった。卵を産むから育ててみろと、鶏の雛《ひな》を数羽くれたりもした。籠《かご》一杯の山菜を届けてくれたこともある。

今日も魚籠《びく》に入ったままの川魚を手土産《てみやげ》に、お由はやってきた。このあたりで〝ヤサ〟と呼ばれる小魚で、軽く炙《あぶ》っただけで骨まで食せた。身もあっさりして臭《くさ》みがまったくなく美味《おい》しい。茂登子の好物でもあった。

「お由さん、いつもいつもありがたいけれど、どうかもう気を遣わないでくださいな。正直、お返しするものがなくて心苦しいの」

美鶴は本音を伝える。

お由のおかげで、膳《ぜん》の上に一品を増やせる。母も喜ぶ。それは嬉しい。けれど気詰まりでもあるのだ。

「美鶴さま、迷惑け?」

「迷惑だなんて。ほんとうに助かっています。でも、いただくばっかりだから気が引けて」

「返してもろうとりますで」

美鶴を遮《さえぎ》るように、お由はかぶりを振った。

「美鶴さまとしゃべるのは、うちの息抜きだで。しゃべったら、どうしてだか、よしやるぞって気になれる。嫌なことも忘れられるし、挫《くじ》けそうになっても立ち直れるんですが」

「まあ、お由さんでも挫けたりするの」

「美鶴さま、うちかて人間やからね。挫けたり、泣きそうになったりしますでの」

そこで、お由はからからと笑った。

「ちゅうことですから、どうぞご遠慮のう収めてくだされな。収めてくださらんと、うちが困ります。ここに来る口実がのうなりますがな」

「口実なんていらないでしょう。手ぶらでおしゃべりに来ても、一向にかまわないんですよ」

いやいやと、お由は首を横に振った。

「お父《とう》に叱られます」

「吉兵衛どのに？　なぜ？」

「美鶴さまの邪魔になることはするなって、用もないのに出入りしちゃならんて、きつう言われてしもうたんです。うち、一人娘ですけえ、お父は甘くてたいていのことは許してくれるんですけど、美鶴さまの邪魔になるのはあかんて戒《いまし》められてしもうて……。それで何かと用を作っとるのです。ですから、どうかうちのために受け取ってやってくだされな」

お由が手を合わせる。

おかしくて、美鶴は口元を袖で押さえた。

「ありがとう、お由さん、では、お茶を淹《い》れましょう。この前、畑で採れた小茄子《こなす》を漬けたの。お茶請けに食べてみてくださいな」

「そりゃあ、果報やなあ」

「果報かどうか、まだわかりませんよ。上手《うま》く漬かっているといいけど」

茶を飲み、小茄子を食べながら、お由はこの家にまつわる、猫の祟り話を披露《ひろう》したのだ。披露した後、神妙な顔で謝ってきた。

「美鶴さまを怖がらせるつもりはなかったんですが。すみません」

「ちっとも怖がっていませんよ。よく似たお話を読本で読んだ覚えがあります。砂川村の化け猫話も、半分くらいは作り話でしょう。ふふ、誰の作なのかしら」

「読本ですか」

「ええ、城下では貸本屋が回ってきていましたから。読本をよく借りておりました。わたし、そういう読み物が大好きだったんです。お由さん？　どうされました」

お由は急に黙り込み、思案気に首を傾げていた。

「何か気に障《さわ》りましたか」

「いえ、そうではなくて……、美鶴さま」

お由は顔を上げ、美鶴の目を見詰めてきた。

「あの、お願いがありまして……」

「はい、どういうことでしょう。わたしにできることでしょうか」

「うちの、お国《くに》に手習いを教えてやってもらえませんでしょうかの」

お国は、お由の末の娘だ。今年五つになったと聞いた。母親に似ない華奢《きやしや》で色白の少女だ。

「手習いだけじゃのうて、針やお茶も教えてやってもらいたいんで」

お由は恥じらうように俯《うつむ》いて、ぼそぼそとしゃべった。

「美鶴さまみたいな方に、こんなお願いするの筋違いやと思うてます。お父にも叱られる。けど、お国は……その、親が言うのもなんですけど、頭も器量もよくて、字なんかも知らん間に覚えとるような子なんです。親としちゃあ、才を磨《みが》けるんなら磨いてやりたいて思うてて……。うちには女の子しかおらんて、もしかしたらお国が家を継ぐかもしれませんが。そうしたら、やっぱり、きちんと文字が読めて、考えられて、人に騙《だま》されん者になってもらわんと」

砂川村の村人は、文字の読めない者が多い。証文が読めず、精魂込めて作った畳表や莫蓙《ござ》を捨て値同然で売ってしまう。文字が読めないのをいいことに安く買いあさるあくどい仲買《なかがい》がいるのだ。汗水流してやっと刈り取った藺草で織り上げた畳表を、あっさりと奪われてしまう。証文がある限り、泣き寝入りするしかない。それが口惜《くちお》しいとお由は唇を嚙む。

「藺草のほとんどは、お年貢にとられてしまいます。残った僅かな草はお父がまとめて仲買に卸《おろ》すようにしちゃあおりますが、倍の高値で買い取るなどと甘い誘いに、つい騙される者も毎年、必ず出て参ります」

「なるほど、せめて証文が読めれば、騙される者の数は減るはずと」

「へえ、その通りです。もう五年くらい前になりますか、騙されたと知った村の若者の一人が、薪《まき》で騙した相手の額を叩き割って殺すちゅう一件がありました。若者は首を落とされました。斬首です。そりゃあ殺すのは行き過ぎやけど、騙した方にも罪がありますが。それなのに、証文に印つけとるっちゅうことで申し開きの一つも聞いてもらえんかった。これからも、そういう騒ぎが起こるかもしれませんで」

その若者と顔見知りだったのか、お由の双眸《そうぼう》が薄《うっす》らと潤《うる》む。

「お父の跡を継ぐちゅうことは、砂川村のみなの暮らしを守るっちゅうことです。それには学問、しとかんと。学問も稽古事《けいこごと》もみな熟《こな》せる者でないと勤まらんですが」

「でも、それをお国ちゃんだけに背負わすのは酷でしょう」

「しょうがありますめえ。兄は二人とも亡《の》うなりましたし、姉は嫁入り先が決まっとります」

お由の双眸に陰りが走る。子を失った母の面差《おもざ》しだった。

「村の人たちが証文を読めるようにすればいいのでしょう」

「は？」

「大人たちにはそんな暇はないでしょうが、子どもたちなら大丈夫なのじゃなくて」

「美鶴さま、それは……」

「ええ、どうせなら、お国ちゃんだけじゃなくて、村の子どもたち、できるだけたくさんの子どもたちに手習いを教えましょう」

「村に手習所《てならいじょ》を作るってこってすか」

「そんなに大げさなものじゃないけれど、でも、この家で子どもたちを学ばせましょう。あ、お国ちゃんには針もお花も教えるわ。そちらは、母上さまの方がずっとお上手なんだけど」

「奥方さままで教えてくださるけ」

「さあ、それは……」

どうだろうか。

茂登子には、藤士郎は学問の師、御蔭八十雄《みかげやそお》について江戸に上ったと告げている。美鶴の嘘を茂登子はあっさり信じた。人の言葉の裏側を推し量《はか》る思案が、もうできないのだ。老いたばかりでなく、過酷な定めが、茂登子からときに正気を奪い、ときに心を閉ざさせてしまう。新しいことを何一つ覚えられなくなり、自分がどこにいるのか何をしているのか、どういう境遇に生きているのか、きれいに忘れてしまう。

そして、来し方の世に心を奪われてしまう。

茂登子は伊吹の屋敷で過ごした日々に、藤士郎を産んだころに、さらには自分が娘だったころに容易く引き戻されるのだ。そうでなければ、縁側に座り、虫をついばむ鶏たちをぼんやりと眺めていたりする。そんなときが、徐々に長くなっている。

母上さま。

茂登子の魂の抜け落ちたような横顔を見ていると、心細くてたまらなくなる。同時に愛《いと》しくもなった。夫と他の女の間にできた娘を茂登子は引き取り、育ててくれた。茂登子から冷たくあしらわれたことも、苛《さいな》まれたこともない。武家の娘として厳しく躾《しつ》けられはしたが、理不尽《りふじん》な仕打ちなど一度も受けなかった。

慈《いつく》しんでもらったのだ。

我が子として、慈しんでくれた。

どんな生まれであろうと、母はこの人一人だ。

守り通す。

藤士郎、母上さまはわたしが守り通しますから。

心細さを胸に埋《うず》めて、美鶴は弟に誓うのだ。

「よいお話ではありませんか」

不意に背後の障子戸《しょうじど》が開いた。

茂登子が裾《すそ》を引いて、出てくる。

「あ、奥方さま」

お由が慌《あわ》てて土間に膝《ひざ》をついた。

すっと背を伸ばし立つ茂登子には、伊吹家の女主《おんなあるじ》だった威厳が今も濃く漂う。

「あなた方のお話、つい聞いてしまったの」

茂登子がほほと笑った。

「はしたないと思わないでください。お由どののお声は特に大きくて、障子戸など筒抜けになるのですもの」

「も、申し訳ねえです。地声が大けえもんで、お恥ずかしゅうございます」

「恥ずかしくなどありません。お由どの、わたしにもぜひお役目をくださいな」

「はい？」

「美鶴の言う通り、針やお花を教えるならわたしの方が適しておりますよ。美鶴のお針はちょっと……、いえ、まだまだね。繕《つくろ》い物がやっとというところでしょう」

「まあ、母上さまったら」

ほほほと茂登子がまた、軽やかに笑った。いかにも楽し気な声だった。美鶴は胸を押さえる。

どうなるのだろうか。

このまま何もかもが好転する？　いや、それはありえない。人が生きる世はそんなに甘くはない。

でも、やってみよう。

母上さまと一緒に、また一歩を踏み出せるならやってみよう。

「お由さん、力を貸してください。ね、一緒に子どもたちに学びの場を作りましょう」

「は、はい。奥方さま、美鶴さま、ありがとうございます」

お由が涙ぐむ。

茂登子がほうっと音を立て、息を吐いた。

藤士郎、やってみるわ。あなたが、自分を信じて山を越えたように、わたしもやってみる。

それでこそ、姉上です。

弟が答えてくれた。はっきりと耳に届いた一言を、美鶴は目を閉じ嚙み締めた。

緑の野の香りがした。

第三章　闇を斬る

江戸に来て、まず、人と橋の多さに驚いた。

どこにいっても人がひしめき、どこを歩いても橋に突き当たる。

水の都でもあった。

とくに、今、藤士郎が住んでいる本所深川界隈《ほんじょふかがわかいわい》は小名木川《おなぎ》、竪川《たて》、二つの堀川が流れ、連絡する数多《あまた》の舟入堀《ふないりぼり》が掘られている。

横川《よこ》、横十間川《よこじっけん》、北十間川《きたじっけん》、仙台堀川《せんだいぼり》……。

そこにまた、数多の橋が架かっているのだから、どこを歩いても突き当たるのは当たり前かもしれない。

奥《おく》川筋の河岸《かし》と江戸を結ぶ水路である小名木、竪の両川の真《ま》っ直《す》ぐな流れと水量には正直、肝《きも》を潰《つぶ》した。

天羽にもむろん、川はある。

藩内を北から南に過《よぎ》る天神《てんじん》川は、藩内随一の大川だ。天神川もその枝川も、緩《ゆる》やかに蛇行《だこう》しながら流れている。淵《ふち》があり、淀《よど》みがあり、早瀬がある。淵で泳ぎ、流れに釣り糸を垂《た》らし、淀みに魚を追い込んで遊んだ。中州《なかす》にある鴫《しぎ》の巣を覗《のぞ》いて親鳥から攻《せ》めたてられたことも、泳いでいる途中で足がつって溺《おぼ》れかけたこともある。

川はときに水嵩《みずかさ》を増して荒れ狂い、人も家も田畑《でんぱた》も呑《の》み込んでしまう。けれど、普段は穏《おだ》やかで豊かだった。四季折々の花や木や空を映し、水面《みなも》を光の粒で飾り、瀬音《せおと》を立てて流れていく。

江戸の川は速い。

水が橋脚にぶつかり、飛沫《しぶき》を散らして走る。そこを材木や塩を積んだ荷舟が進んでいく。船頭たちが、船曳唄《ふなひきうた》を響かせながら空舟《からぶね》を上流へと曳《ひ》いていく。逞《たくま》しい男たちの顔は、唄の調べとはうらはらに苦しげに歪《ゆが》んでいた。のんびりとした風情《ふぜい》など欠片《かけら》もない。

「おい、若《わけ》えの」

後ろからとんと肩を突かれた。

「ぼやぼやしてんじゃねえよ。さっさと働きな。ほらよ」

掛け声とともに、炭俵《すみだわら》が渡された。それを肩に担《かつ》ぐ。一瞬、右足に力が入らず、よろめいた。

「おい、ふらふらしてんじゃねえぞ」

すかさず怒声が飛ぶ。

藤士郎は唇を一文字に結び、足を前に出した。

「炭は米ほど重くないから、楽ですよ」

と、福太郎《ふくたろう》は言った。黒松長屋の大家だ。五十の坂はとうに越えたと聞いたが、まだ髪は黒々として皺《しわ》も目立たない。たっぷりとした頬《ほお》と大きな耳朶《みみたぶ》を持つ福相で、名前と外見がこれほど釣り合っている者も珍しいと、長屋のおかみさん連中はよく話の種にしている。

福太郎が、海辺大工町《うみべだいくちょう》の薪炭問屋《しんたんどいや》讃岐屋《さぬきや》が荷運びの人足《にんそく》を集めていると報《しら》せてくれたのは、昨日のことだった。

「伊吹さまはお侍さまですからねえ。失礼かとも思ったのですが、お代から伊吹さまが仕事を探していると聞いたもので」

笑みを浮かべ、さらに福々しい顔つきになった福太郎に藤士郎は頭を下げた。

「福太郎どの、かたじけない」

「いや、いやいやいや。そんな、頭など下げられたら、わたしが困りますよ。本当は、もっと伊吹さまに相応《ふさわ》しい仕事を見つけて差し上げたかったのですが、なかなかこれだというものがなくて、申し訳ございませんね」

「とんでもない。助かりました。福太郎どの、どうかよしなにお取り計らい願いたい」

福太郎が小さく噴《ふ》き出した。

顔を俯《うつむ》け、肩を揺すり、笑い続ける。なぜ、笑うのか見当がつかなかった。

「よしなにお取り計らいだなんて、あまりにも大仰《おおぎょう》すぎますよ」

笑いが収まった後、福太郎は手を左右に振った。

「そんなに堅苦しくっちゃ、裏店《うらだな》じゃやっていけませんよ。ほら、〝大家は親も同然、店子《たなこ》は子も同然〟と言うじゃありませんか」

「は？」

「おや、ご存じありませんか」

「今、初めて聞き及びました」

「さようですか。まっ、要するに、ご縁ということですよ。縁あって大家と店子になったからには親子同然に付き合いましょうと。そういう意味ですかね」

「なるほど。縁ですか」

「そうそう。このお江戸に裏長屋が幾《いく》つあると思われます」

少し考える。これもまるで見当がつかない。正直に答える。

「わかりません」

「でしょうな。わたしも知りません。まあ、数えきれないほどあるのは確かです。星の数より多いかもしれませんよ。ははははは」

さすがに、これは冗談だと察せられた。察せられたからと言って、一緒に笑うのも憚《はばか》られる。

黙り込んだ藤士郎の態度をどうとったのか、福太郎はまた忙《せわ》しく手を振った。

「冗談、冗談。まさかそこまでは多くないでしょうが、ともかくたいへんな数なわけです」

「はい」

「なのに、伊吹さまは、この黒松長屋を選んでおいでになった。数ある裏長屋の中でですよ。何か伝手《つて》があったわけではありますまい」

「はあ……。まったくの」

行き当たりばったりでの一言を、呑み込む。

行き当たりばったりだったのだ。そして幸運に恵まれた。自分が選んだというより、選ばれた。さらに言えば、福太郎に拾われた気さえする。

江戸に着いて、途方に暮れた。

将軍の膝元《ひざもと》、千代田城の聳《そび》えるこの巨大な町で何をすべきなのか、何を為《な》したいのか、目途《もくと》は一つもなかった。野心もなかった。

天羽の藩政に関わるさる証文二通を恩師、御蔭八十雄に託した。八十雄は藤士郎の意を酌《く》んで証文を懐《ふところ》に、江戸藩邸へと発《た》ってくれたのだ。若き藩主に王道政治を説いた朱子《しゅし》学者なら、目通りも叶《かな》う。

そう藤士郎は判断した。その判断が正しかったのかどうか、今でも揺らぎはする。父伊吹斗十郎も含め、政《まつりごと》に関わる大人たちは誰もが正体不明で、本音と建て前を使い分け、本心も偽心も区別ができない。暗闇の中に半身を隠し、光を受けた半身だけで微笑《ほほえ》む。

信じ切れない。

八十雄とて同じだ。政とは一切の関わりを断ち、ただ学問の道だけを追い求めている高名な朱子学者。それが御蔭八十雄の表の顔だとすれば、闇に沈んだ裏側があるのではないか。

疑心は拭《ぬぐ》い去れない。

それでも、藤士郎は賭《か》けに出た。賭けるしか途《みち》がなかったのだ。

世の中には信頼できる大人もいると、おまえに示さねばなるまい。

八十雄が告げた言葉を信じ、藤士郎は囮《おとり》となるべく脱藩を決意した。街道を行く八十雄から追手の目を逸《そ》らすべく、わざと山越えの道を選んだのだ。それはおそらく功《こう》を奏《そう》しただろう。証文を取り返すために、かなりの数の追手が山を登ってきたのだから。

追手と刃《やいば》を交え、窮地《きゆうち》を切り抜け、何とか江戸に辿《たど》り着いた。辿り着いて、やっと、自分の役目が終わっていると気がついた。囮の務めを果たしてしまえば、藤士郎の出る幕はどの舞台にもない。証文は既に八十雄の手で藩邸側に運ばれているだろう。それがどう使われ、天羽の政がどう変わっていくのか、見届けたいとはむろん望む。ただ、疲れていた。疲れ切っていた。

気怠《けだる》くてたまらない。

雨を突き、夜陰《やいん》に紛《まぎ》れ、父の囚《とら》われていた牢《ろう》屋敷をおとなった。父の命に従い、切腹の介錯《かいしやく》をした。それから後の日々は、まさに荒れ狂う大波そのものだった。渦巻《うずま》き、ほとばしる波に押し流され、それでも溺れぬように自分を見失わぬように必死だったのだ。

姉がいたから、母がいたから、そして、おそらく左京がいたから何とか泳ぎ切れた。友がいたから生き延びられた。

今、藤士郎は独りだ。傍《かたわ》らには誰もいない。

五馬《いつま》。

友の名を呼んでみる。

この手で止《とど》めを刺した。

風見慶吾《かざみけいご》と大鳥五馬《おおとり》。無二の友だ。困難の中にあって、どれほど支えられ、励まされてきたことか。磊落《らいらく》で明朗な慶吾に笑わされ、物静かで思慮深い五馬に悩みを吐露《とろ》し、前に進む力をもらった。五馬は後生恐るべしと称された剣才の持ち主で、道場の稽古《けいこ》ではよく相手をしてくれた。

「三本勝負で、おまえに勝つのが目下の望みだ」

「百本勝負の三本なら、何とかなるかもしれんぞ」

「ぬかせ。百本なら……そうだな、五本ぐらいは取れるかもしれんぞ。な、慶吾」

「おれに振ってくれるな。おれなら、一本も無理だ」

「端《はな》から降参するのか」

「五馬の相手なんか、頼まれても嫌だ。力の差がありすぎて馬鹿馬鹿しくなる。藤士郎も嫌だ。おまえは融通がきかん。やたら本気になって向かってくる。面倒くさいったらない」

「五馬とは力の差で、おれは面倒くさいか？　ひでえな」

「事実ってのは、たいてい酷《ひど》いもんさ」

慶吾のしたり顔がおかしくて、五馬と声を合わせて笑った。身分も家柄も育ちも越えて、友だった。そんなものを越えて結びつける友だった。

二人が好きだった。出逢《であ》えてよかったと心底《しんてい》から思っていた。

なのに……。

五馬。

手をかざしてみる。

剣先が肉に沈んでいく。その手応《てごた》えが確かにここに伝わってきた。五馬の身体を刺し貫いた手応えだ。そんなもの感じたくはなかった。

目を閉じると、五馬が見える。

ゆっくりと膝からくずおれていく。

　五馬もまた半身を闇に隠していた。

　屈託《くったく》なく笑い、美鶴の握った塩結びを頰張《ほおば》り、稽古帰りに川土手を歩き、腹蔵なく話し合った。あの姿は全てではなかったのだ。

　――おまえたちに郷方廻《ごうかたまわ》りの小倅《こせがれ》の気持ちがわかるか。食べ物にさえ事欠くような暮らしがわかるか。どんなに励んでも、かつかつの暮らしから這《は》い上がれない者の惨《みじ》めさがわかるか。わかるものか。わかってたまるものか。

　叫び声が消えない。耳の底にこびりついてしまった。

　刺客《しかく》として暗躍した一面を、定められた身分の中で足搔《あが》いていた姿を五馬は誰にも見せなかった。

　闇に目を凝《こ》らす。

　闇の底にあるものを見据《みす》える。

　自分には、そういう力が欠けているのだろう。暗みから目を背《そむ》け、光あふれる場所だけを全てだと思い込もうとする。

　弱いと、感じる。

　為政者《いせいしゃ》の作意だけでなく、自分の弱さもまた五馬を追い込んだ。

　思案はいつも、そこで止まった。

怒濤《どとう》の日々に身も心も疲労困憊《ひろうこんぱい》し、一歩も進めない。

疲れた。

気怠い。

役目を果たしたのだと悟った瞬間、心身が萎《な》えた。自分が疲れ切っていたことにようやく気が付いたのだ。それでも、道辺に座り込むわけにはいかない。

目の前は江戸の大通りだ。人や馬、荷車がひっきりなしに行き交い、砂埃《すなぼこり》が舞い上がる。店がずらりと軒《のき》を並べ、人を集める。呼び込みや笑い声、泣き声、物売りの売り声、物売りを呼び止める声、太平記《たいへいき》読みの講釈声、怒声や諍《いさか》い声ときに悲鳴……。人のあげるあらゆる声に、馬のいななきや犬の遠吠《とおぼ》えが交《ま》ざる。搗米屋《つきごめ》の杵音《きねおと》や門付けの三味線《しゃみせん》も交じる。あまりの賑《にぎ》やかさに、耳が鳴る。頭の中を蜂《はち》が飛び交っているみたいだ。

賑やかさと人の流れに押されて、藤士郎は当てどもなく歩いた。立ち止まりしゃがみ込んだら、そのまま動けなくなりそうで怖かった。いや、一度、しゃがみ込んだ。歩き疲れて橋のたもとに腰を下ろしてしまった。空を見上げれば日は傾き、前を見れば人々の影が長くなっている。

夜が来る。

今夜の宿を探さねばならない。

頭ではわかっているけれど、身体が動かない。

「食うかね」

目の前に欠けた椀《わん》が差し出された。

え？

手拭いを頬かむりした男がすぐ横に座っている。ひどい形《なり》をしていた。被《かぶ》っている手拭いも身につけている着物も垢《あか》じみて、ぼろぼろだ。蓬髪《ほうはつ》には蜘蛛《くも》の巣が絡《から》まり、顔は汚れ過ぎて年齢も人相も確《しか》とは見て取れない。小鼻の右に丸い痣《あざ》が目立つぐらいだ。饐《す》えた臭《にお》いが鼻を突いた。

男はにやにや笑いながら、椀を持った手を二、三度振った。

「腹が減ってんだろ。食うがいいさ」

「え、いや、結構だ」

「遠慮しなくていいぜ。今、あそこでもらってきたんだ。客の食い残しだけど美味《うま》いさ。なんせ、こうきちやの料理だからよ」

男が顎《あご》をしゃくった先には、黒塀に囲まれた二階屋が建っていた。『こうきち屋』という小料理屋らしい。椀の中には、出汁《だし》の中に白飯が浮いていた。野菜の煮つけらしいものも、齧《かじ》りかけの沢庵《たくあん》も魚の骨も入っている。

「腹が空《す》いてるときはお互いさまさ。分けてやるから、食いな。まだ若えのに気の毒だな」

男の指が汁に浸《つ》かっている。垢に塗《まみ》れた指だ。

吐き気を覚えた。

「結構だ。腹は空いていない」

立ち上がり、その場を急ぎ離れる。

まだ若えのに気の毒だな。

物乞《ものご》いにまで哀れまれた。それほど、情けない姿だったか。

行き場を失った者の惨めさに胸が詰《つ》まる。

藤士郎はまた歩き続けた。立ち止まればまた、途方に暮れなければならない。誰かに哀れまれるのは、もうたくさんだ。

橋を渡った覚えがある。幾つも渡った。一際《ひときわ》大きく長く立派な橋をものすごい数の人たちに紛れ、押され、歩いた。それが両国橋《りょうごく》だったと知ったのはずっと後になってだ。

人の群れに気分が悪くなり、当てもなく路地に入り込んだ。

木戸があった。

開いている。

『祈禱《きとう》　承《うけたまわ》る　高天斎楽人《こうてんさいらくじん》』

『鋳掛屋《いかけや》　〇』

『かけつぎいたします』

『常盤津《ときわず》師匠』

そんな文句の紙がべたべた貼ってある。その中に交じって、『空き家　あり』の一文が目に留まった。

家、か。家があれば帰るところができるな。

ふっとそんな想いが浮かんだ。

足が前に出る。とたん、つんのめりそうになった。草鞋《わらじ》の鼻緒が切れたのだ。幸い荷物の中に新しいものがまだ二足、残っていた。それに履《は》き替えていたとき、首筋に視線を感じた。

チリッ。

飛び起きる。手は腰の刀を摑《つか》んでいた。

敵か。

とっさに身構えるほど、鋭かった。

あれは……殺気ではなかったか。

気息を整え、辺りを見回す。

木戸の向こうは路地を挟んで商家の壁が四、五間続き、途切れたところから棟割長屋《むねわりなが》が始まっていた。祈禱師や鋳掛屋、常磐津の師匠が住んでいるのだろうか。表通りはまだ明るいのに、路地は既に翳《かげ》り、日暮れの薄闇を漂わせている。

背後に人の気配がした。

振り向く。

納戸色《なんどいろ》の小袖《こそで》に藍《あい》の羽織を身につけた男が立っていた。

福相だ。

垂《た》れた耳朶に豊頰《ほうきよう》、ご丁寧に額《ひたい》の真ん中に黒子《ほくろ》まである。こんなに見事な福相を見るのは初めてだ。

男が瞬《まばた》きをした。

目尻に愛嬌《あいきよう》がある。殺気とは無縁の眼つきだった。

「家をお探しですかな」

「は？」

「いえね、お武家さまが貼り紙を覗いてらしたものですから、家をお探しかと思いまして」

覗いていただろうか。覗く前に鼻緒が切れたはずだ。そして、あの殺気を感じた。

「空いておりますよ」

「え……」

「風通しがたいそうよい家でねえ。板の間と土間が二畳に座敷は八畳。うちの長屋では一番広くて、住み易《やす》いでしょう。しかも運気が良いのです。なにしろ、この家に住んでいた店子が二人続けて表に店を構えたんですから。滅多《めった》にあることじゃありません。縁起のいい家ですよ」

表に店を構えることが、どれほどのものなのかよく解《かい》せない。むしろ、二人の店子の前はどうだったのだろうと考えてしまった。

「店賃は三百文になります。月晦日《つきみそか》に納めてもらう段取りになっておりますね」

「あ、はあ」

福相の男が口元を綻《ほころ》ばせた。

「ああ、これは失礼いたしました。見も知らぬ者から急に話しかけられれば、どなたでも驚かれますよなあ」

「いや……」

驚きはしないが、戸惑《とまど》う。

唐突に話しかけられたことにも、つらつらと動く男の口にもどう対していいか、まごついていた。剣呑《けんのん》も胡乱《うろん》も臭わないけれど、調子の良さに少し用心が動いた。

「わたしは、加治屋《かじや》福太郎と申します。この長屋の大家でございますよ」

「伊吹藤士郎と申す」

互いに頭を下げる。

「伊吹さま、ですな」

福太郎がふっと息を吐いた。

「ここは黒松長屋と呼ばれておりまして、なに黒松が生えているわけじゃない。名主さんが黒松屋という両国の酒問屋なのです。黒松屋、ご存じですかな。両国でも名の通った大店です」

「いや、存じておりません。なにしろ、今日、江戸に着いたばかりなので……」

「ほお。それはそれは、難儀でございましたなあ」

藤士郎の旅路を見てきたような口振りだった。

「では伊吹さまは江戸に着いたばかりで、住む家を探しておられると、そういうわけですな」

「まあ、そうだが……」

家という言葉に惹《ひ》かれた。八畳の座敷に寝転びたい。空腹は覚えない。ともかく手足を伸ばして眠りたかった。

天羽を発つ前、美鶴の渡してくれた路銀は、まだかなり残っている。思いがけないほどの大枚《たいまい》だったのだ。「わたしの匿《かくま》いなの」と美鶴は微笑んだ。美鶴らしい悪戯《いたずら》っぽい笑みだった。

「祝言《しゅうげん》の前夜、父上さまがくださったのです。いざというときのために、大切に持っておけとおっしゃってね」

「父上が」

「ええ、今がそのときでしょう。持っていきなさい」

「しかし、姉上」

「持っていきなさい。いえ、持っていってちょうだい。わたしにできるのは、これぐらいしかないのです。お願いよ、藤士郎」

美鶴は金包みを弟に押し付けた。語尾が微《かす》かに震えていた。

姉の話が真実かどうかわからない。もしかしたら、匿いなどではなく伊吹家にある金子《きんす》を掻《か》き集めてくれたのかもしれない。

藤士郎は包みを受け取り、深々と頭を下げた。

路銀にはできる限り手を付けず、ここまできた。旅籠《はたご》を使わず、百姓家の納屋《なや》や無《む》住寺《じゆうじ》の堂に泊まり込んだ。川で身体を洗い、口を漱《すす》いだ。食べ物だけは購《あがな》ったが、それもぎりぎり飢《う》えを満たすほどに抑えた。水面に映る自分の顔がしだいに日に焼け、痩《や》せていくのがわかった。物乞いが椀を差し出したのは、やつれた藤士郎を仲間と思ったから、だとも考えられる。

手足を伸ばして眠りたい。

湯に浸かりたい。

白い飯が食いたい。

さっぱりしたい。

ともかくともかく、何も考えず眠りこけたい。

後から後から、望みが湧《わ》いてくる。自分は何という欲深いものなのだろう。どうしても、自分一人の快楽を求めてしまう。

「家をお借りできるのか」

喉《のど》の奥がぐびりと鳴った。

「ようございますよ」

福太郎はあっさりと頷《うなず》いた。

「まことに？」

「はい。よろしゅうございます。お貸しいたしますよ」

「しかし、その……」

そこでやっと、藤士郎は自分の立場を思い出した。棟割長屋の一間とはいえ、借りるとなれば身元の証《あかし》が第一だろう。人別帳《にんべつちょう》にも名を記さなければならないし、届け出もいる。しかし、脱藩してきた身では通行手形も藩からの御墨付《おすみつき》も携《たずさ》えていないのだ。

「伊吹さまはどうも、いろいろとご事情がありそうですなあ」

福太郎が目を細める。福相に影が差した。

「話せと乞うても話してくれそうもありませんね」

「……申し訳ないが、他言できぬ事情があるのです」

ははと福太郎は短い笑いを漏《も》らした。

「江戸の裏長屋なんてところはね、事情のある者の吹き溜《だ》まりですよ。みんな何かしらを抱えて生きております」

もう一度笑い、福太郎が胸を張った。

「まあ、わたしが何とかいたしましょう。たいしたことはできませんが、店子を一人増やすぐらいはそう難《かた》くありません」

「よろしいのですか」

「はい。お任せください。実はわたしの本業は口入屋《くちいれや》でして。『加治屋』という店をそこで営んでおります」

福太郎は木戸前の商家を顎でしゃくった。

「ですので、人を動かすのはお手の物ですよ」

「しかし、なぜ、そこまでしてくださるのだ」

つい先刻会ったばかりの赤の他人ではないか。知らぬ振りをしても、見ぬ振りをしても構わないはずだ。いや、大抵の者はそうするだろう。藤士郎の出立《いでたち》はお世辞にも立派とはいえない。なにしろ物乞いが飯を恵んでくれようとしたぐらいなのだ。かといって、行き倒れと見間違うほどみすぼらしくもない。

くたびれ切った風情の若い武士。そんなところだろう。そして、そんな者は江戸にはごまんといる。藤士郎自身、今日一日だけで、何人も何十人も見た。異様な風体《ふうてい》の輩《やから》も奇抜な格好の女も見た。見世物小屋には蛇女の看板がかかり、辻では南蛮衣装の男が曲芸を披露《ひろう》していた。江戸はまさに人の坩堝《るつぼ》だ。雑糅《ざつじゅう》を極め、妖怪物《もの》の怪《け》の類《たぐい》が紛れ込んでいても見分けられないのではと思う。

そんな中で、自分が他人の目や興《きょう》を引くとは考え難《がた》い。

「失礼ながら、伊吹さまに一目惚《ぼ》れをいたしまして」

藤士郎の心内を見透《みす》かしたかのように、福太郎は愛想笑いを浮かべて告げた。

「は？」

「いやいや変な風にとらないでくださいよ。ただ、お眼が実に良いと思いましてな」

「眼、ですか」

「はい。真っ直ぐで濁《にご》りがなくて、緩みもなくて、実に良い眼をしていらっしゃる。信用できますよ。どんな事情があっても信用できます。どれ程の御墨付を持っていても、眼がまっとうでない者は信用なりません。油断できません。それが口入屋を長年営んできたわたしの……何と言いますか、人の見分け方のこつとでも申しましょうかねえ」

そこで、福太郎は勢いよく自分の膝を叩《たた》いた。

「まっ、そういうことですので、よろしゅうございます。伊吹さまのことは引き受けました。お任せください」

何がそういうことなのか、よくわからない。しかし、福太郎は、藤士郎が江戸で初めて摑んだよすがだった。

ありがたい。

「よろしく、お頼み申す」

藤士郎は福相の口入屋に深く頭を下げた。

お任せください。

その言葉通り、福太郎は実にまめに面倒をみてくれた。

藤士郎のために、古手屋《ふるて》で鍋《なべ》、釜《かま》、夜具といった暮らしに入用《いりよう》な家財を一通り揃《そろ》えてくれた。長屋の住人に、〝若い浪人さん〟だと紹介してくれた。湯屋や髪結い床《かみゆいどこ》、一膳《いちぜん》飯屋の場所を教えてくれた。人別帳や身元については心配いらないと断言してくれた。困惑するほどの親切だ。井の中の蛙《かわず》ではあるが、さすがに首を傾《かし》げてしまう。しかし、福太郎の親切のおかげで江戸にささやかな根を張れた。住処《すみか》を手に入れられたのだ。ひとまず安堵《あんど》する。

八十雄が無事に江戸藩邸に入ったのかどうか気にはなった。あの証文が天羽藩の行く末にどう光を投げ、影を落とすのかはさらに気がかりではあった。ただ、気がかりを解《と》く術《すべ》がない。脱藩の身で藩邸に近づくことはできない。まして、邸内に知り合いなど一人もいなかった。かといって、江戸で何をする当ても志《こころざし》もない。ない、ない、ない。何もない。

追手を切り抜け、旅を続け、江戸に着いたそのときから、がらんどうになった。からっぽの自分を感じる。疲れと怠さだけが底に溜まっていた。

でも、いい。

どうあろうと生きるのだ。

藤士郎は頭を上げる。

生きるのだ。

生きて生きて生き抜いて、天羽の、いやこの世の変容を見届ける。

五馬に止めを刺したとき、はっきりと決めた。

五馬、見てろよ。おまえが奪われたものを取り返してやる。おれがおまえから奪ったものを、一生をかけて償《つぐな》うからな。

古びた薄っぺらな夜具にくるまり、友に語りかける。時折、五馬が夢に出て来た。慶吾もたいてい一緒にいた。三人は竹刀《しない》を担ぎ、笑いながら、団子を頰張りながら、真顔でしゃべり合いながら土手道を歩いていた。

五馬が言う。

「藤士郎は、剣も性質《たち》も硬すぎるのだ」

五馬の横顔を見やり、尋《たず》ねる。

「硬いとは？」

「自分で自分の剣を型にはめてしまうんだ。こう打ちかかられたらこう防ぎ、防いだ後にこう退いて攻撃する。みんな型に沿っている。それはそれで見事なのだが」

「型を知らずして、上達はあるまい」

「ある程度まではな。しかし、程度を超えれば自分を型に合わすのではなく、自在に型を作っていかねばならんだろう。いつまでも型に囚われていると、窮屈になる。頭が閊《つか》えるんだ。箱の中で麦を育てるようなものだ」

「伸びるためには箱を破らねばならんということか」

「そうだ」

五馬は頷いた後、仄《ほの》かに頰を染めた。

「すまん。偉そうなことを言った」

「いや五馬に言われると腑《ふ》に落ちる。何というか、胸に染《し》みた。重い言葉だ。これが慶吾だと鼻先で嗤《わら》えもするんだがな」

「おいこら、藤士郎。聞き捨てならんぞ。おれだって、おまえに説教したいことは多々ある」

「説教なんかしてみろ。姉上の握り飯を今後一切、食わしてやらんからな」

「ええっ、兵糧攻《ひょうろうぜ》めかよ。汚いぞ」

「説教より握り飯が大切だろう。慶吾」

「うん。もちろんだ」

慶吾があまりに素直に答えたものだから、藤士郎も五馬も笑い出してしまった。慶吾も天を仰《あお》いで哄笑《こうしょう》する。すれ違った老婆が呆《あき》れたように三人を見詰めてくる。その顔つきもおかしくて、さらに笑えた。

芽を吹いたばかりの柳が風に揺れていた。揺れるたびに微かな緑の匂《にお》いを散らす。

雨上がりの土はしっとりと濡れて、柔らかい。

空は青く、一朶《いちだ》の雲が浮かんでいた。

「おっ、燕《つばめ》だ」

慶吾が天を指す。

二羽の燕が縺《もつ》れ合いながら、飛び過ぎていった。

天羽の日々だ。

憂《うれ》いを知らず、世間を知らず、人の闇を知らなかったころだ。懐《なつ》かしいけれど、戻りたいとは思わない。どうしてだか思わない。

知ってしまえば、知らなかったころには戻れませぬ。

左京は言った。

戻るつもりはない。

どれほど豊かであっても、平穏であっても、飢えとも苦悶《くもん》とも謀略とも無縁であったとしても戻ってはならないのだ。

戻れば知らなかったことになる。

五馬の叫びを知らなかったことになる。

それだけは嫌だ。全力で抗《あらが》う。

忘れはしない。

ただ、時を遡《さかのぼ》ることができるなら、五馬の生きている日々まで上《のぼ》っていきたい。

慶吾と三人で、三人ともが生き延びられる途《みち》を探りたい。

望んで詮無《せんな》いことを望んでしまう。

夢から覚め、目を開けて、ああ五馬はいないのだと思い知る。その一時が苦しかった。

慶吾はどうしているだろうか。

天羽に残ったもう一人の友を想う。

屈託のない笑顔を思い出すと、少し気持ちが軽くなった。慶吾の笑顔に背中を押され、起き上がる。

飯を炊《た》いていると、長屋に納豆売りや蜆《しじみ》売りの声が響く。魚屋も菜《な》売《う》りもやってきた。

毎朝、入用なものが入用なだけ手に入る。

便利だった。

「伊吹さん、ほら、これをお上がりよ」

「豆腐の味噌《みそ》汁《しる》、おわけしますよ」

お代だけでなく長屋のおかみさんたちが、なにくれとなく世話をやいてくれた。

「藤士郎さんてさ、ほっとけないいんだよね」

お代が真顔で言う。

「何か面倒みたくなっちゃうの。大家さんもきっとそんな気持ちだったんだろうね」

何とも答えようがなくて、藤士郎は口をつぐんでしまった。捨て猫ではあるまいしと無《ぶ》興《きよう》も感じるが、助けてもらっているのは間違いない。

福太郎と黒松長屋の住人のおかげで、藤士郎の江戸暮らしは何とか回り始めたのだ。

そして、福太郎は仕事までもってきてくれた。

「伊吹さまが黒松長屋にお出《い》でになった。これはまさにご縁でしょう。神仏の引き合わせとしか言いようがありませんよ」

「それは些《いささ》か大仰過ぎませんか」

「おや、これは一本、返されましたな。ははは」

福太郎が朗《ほが》らかに笑う。

「まあ、それじゃ、讃岐屋さんにはわたしから話を通しておきます。明朝、六つ半までに讃岐屋さんを訪ねてみてください」

「承知いたした」

「これが地図です。なあに俵を模した大きな看板がかかっておりますから、すぐにわかります。それと、お腰の物は置いていかないと駄目ですよ。荷運びに、お刀は無用ですからね。邪魔にこそなれ助けにはなりません」

「……承知」

なるほど、そういうものかと思う。

武士にとって刀とは命に匹敵《ひってき》する道具だ。けれど、役には立たない。生きていく上での助けにはならないのだ。

藤士郎は父から渡された一振りを外し、讃岐屋へと向かった。何もない腰は思いの外《ほか》軽い。軽すぎて、ふらつきそうになった。そんな自分がおかしくて笑ってしまう。

がんばれよ。

藤士郎、負けるな。

五馬と慶吾の声を確かに聞いた。

炭は米ほど重くないから、楽ですよ。

と、福太郎は言った。

確かにそうなのかもしれない。が、米俵を担いだことがないので藤士郎には比べようがない。

重い、とは感じる。

決して軽くはないし、楽でもない。

それでも、嫌だとは微塵《みじん》も感じなかった。

働いている。

生きている。

肩に食い込む俵の重みが身体の中に真っすぐに降りていく。がらんどうだった内側に積み重なっていく。

生々しい手応えだった。

今まで一度も味わったことがない手応えだ。

父を想いながら篠突《しの つ》く雨の岨道《そばみち》を歩いたときも、父の介錯を果たしたときも、囮となって山越えの道を登ったときも志はあった。自分の進むべき道を進んでいるという想いは紛《まが》い物ではなかった。筋違いであったとも思わない。

五馬の死だけは痛恨の一事だった。取り返しのつかない恨事《こんじ》だ。しかし、他に悔いはない。為すべきことを為したと信じている。ただ、今のこの生々しさは胸裏《きょうり》のどこにもなかった。死は覚悟していたけれど、明日のために生きていると感じたことはない。

汗が口に流れ込んでくる。

しょっぱい。

「お侍さん。まだ荷はたんとあるんだ。しっかり頼みますよ。ぐずぐずしてたら、すぐに日が暮れちまいますからね」

手代《てだい》らしい男が声をかけてくる。

ぐずぐずしていた覚えはないが、こいつがまだ呑み込めなくて、無駄にあちこちしてしまう。手代の目にはじれったくも間怠《まだる》くも映ったのだろう。

慣れた人夫《にんぷ》たちは実に滑《なめ》らかに動くのだ。荷を担ぎ、船着場から蔵まで運び、積み上げる。その一連の動作に淀みがない。歩き方も、荷の扱い方も藤士郎とはまるで違う。荷物担ぎなど、力のある男なら誰でもできると考えていた。働き始めてすぐ、そうではないのだと思い知った。

要領を身体で覚える。

それが肝要なのだ。そして、それは一日や二日で体得できるものではない。よく、わかった。それでも藤士郎は、熟練の人夫と思《おぼ》しき男の後ろにつき、その動きを逐《ちく》一《いち》、真似《まね》るようにした。荷物を受け取るときの僅《わず》かな屈《かが》み具合、足さばきと呼んでも差し支《つか》えないほどの足の運び方、姿勢、呼吸、ともかく習う。覚える。身に付ける。

昼過ぎまで働き、荷揚げはほぼ終わった。藤士郎は、蔵の前の空き地にしゃがみこんだ。煮炊き用なのか薪《まき》がうずたかく積んである。それだけで、讃岐屋の内証の豊かさが窺《うかが》える。

他の人夫たちも思い思いの格好で地面に腰をおろし、一息つく。

疲労より肩の痛みが辛《つら》い。肌が擦《こす》れて赤くなっている。少し腫《は》れてもいるようだ。

「つうっ、痛い」

それでも、裂けて血を出さなかったのはお代のおかげだった。

「藤士郎さん。これ、持っていきなよ」

今朝、黒松長屋を出るとき、お代が握り飯の包みと手拭いを二枚手渡してくれた。

「あ、弁当か。それは気付かなかったな」

「そんなことだろうと思った。中に梅干しを入れといてやったから、残さず食いな」

「もちろんだ。恩に着る。しかし、手拭いはいらんぞ。汗拭《ふ》きなら持っている」

お代が苦笑した。

「違うよ、馬鹿だね。肩に当てるんだよ、肩に。でないと俵に擦れて肌が裂けちまうよ。それに、炭の粉が鼻に入ると厄介《やっかい》でさ、くしゃみが止まんなくなるやつがけっこういるんだ。手拭い一枚、口と鼻を塞《ふさ》ぐのに使いな」

「なるほど。お代、かたじけない。借りるぞ」

「二枚ともあげるよ。だけど、ほんとに」

お代が眉《まゆ》を寄せた。若さとは釣り合わない分別くさい表情になる。

「大丈夫？　藤士郎さん、荷運びなんてやったことないんだろ」

「ない。しかし、何とかなるさ。命のやり取りをするわけじゃなし、案じるな」

「呑気《のんき》なんだからねえ」

お代は分別くさい表情のまま、ため息をついた。

「けっこうきつい仕事だよ。ほんとにやれる？　今からでも断った方がいいんじゃないのかい」

余計なお世話だと、今朝はお代のことを少し疎《うと》ましくも感じたが、今はひたすらありがたい。我ながら身勝手なものだ。

「みなさん、お疲れでした。おかげさまで、荷は全て無事に運び終わりました」

さきほどの手代がにこやかに挨拶《あいさつ》する。ほどなく、人夫に茶と一摘《ひとつま》みの白い粉が配られた。

「これは、塩？」

「そうさ。決まってんだろう」

隣に座った人夫が、そんなことも知らないのかと言わんばかりの口調で答えた。それから、手のひらの塩を舐《な》め、茶を飲む。藤士郎もそれに倣《なら》った。

美味《うま》い。

焼き塩だ。粗塩《あらしお》を素焼きの壺《つぼ》に入れて焼いた塩は、粗塩に比べ格段に白く柔らかな味になる。江戸に来てから口にするのは初めてだった。茶の方は、ほとんど風味のない日干し茶だが、やはり美味だ。渇《かわ》ききった喉に染み渡る。

「たっぷり汗をかいた後ってのは、塩が美味《うめ》えんだ。しかもよ、焼き塩だぜ。こくがあらあな。疲れが消えちまう」

男が言った。赤銅色《しゃくどういろ》の肌をした逞しい男だった。あまりに日に焼けているものだから、年が見て取れない。

「それにな、茶は飲んじまうんじゃなくて、喉をゆすぐのに使うんだ。炭の粉を吸い込んでるからよ」

男は派手な含嗽《うがい》の音を立てた後、地面に茶を吐き出した。

「こういう風にな。ゆっくり飲むのはそれからさ。お代わりが欲しけりゃ、幾らでもくれるからよ」

「なるほど。行き届いているな」

ちょっと感心してしまった。丁寧な心遣《こころづか》いを感じる。

「讃岐屋の旦那は性根《しょうね》のいい人だからよ。おれたちにまで、いろいろと気を遣ってくれんだよ。手間賃もきちんと払ってくれるしな」

「他の店は違うのか」

茶や塩を振る舞うのはともかく、手間賃は払って当然だろう。

「違うね」

男はあっさり言い切った。それから、まじまじと藤士郎を見詰めてくる。随分と不《ぶ》躾《しつけ》な視線だ。

「あんた、お侍だな」

「そうだ」

「若《わけ》えのに、浪人かよ」

「まあ……そういうところだ」

「何て名前だ」

視線よりもっと不躾な物言いだった。さすがに、癇《かん》に障《さわ》る。

「他人に名を尋ねるなら、まずそっちから名乗れ」

「へん」

男は鼻の先で嗤った。

「偉そうに。だから、侍ってのは嫌なんだ」

「おれは人の礼儀として、当たり前のことを言っただけだ。偉そうになんかしておらぬ」

男がにやりと笑う。焼けた肌色が歯の白さを際立《きわだ》たせた。

「甚八《じんぱち》さ」

「え？」

「おれの名前だ。甚八。十《とお》のときから、荷揚げ人夫で食ってる。筋金いりさ」

「十か。そんなころから一人前に働いていたのか」

十のころ、おれは何をしていただろう。

一瞬、考えてしまった。

甚八がまた、皓歯《こうし》を見せて笑った。

「一人前かどうかはわかんねえな。まあ、今のあんたとどっこいどっこいか、ちっと上ぐれえだったかもな」

いちいち、つっかかってくるやつだな。

厄介な相手に捕まったと舌打ちしたくなる。藤士郎は不快を面《おもて》に出すまいと、唇を結んだ。

甚八は藤士郎の様子などお構いなしだ。肘《ひじ》で突いてくる。

「さ、こっちは名乗ったぜ。そっちはどうなんだ」

「おれは伊吹藤士郎という」

「伊吹さんかよ。へぇ、在所はどこよ。江戸生まれじゃねえよな」

「おまえは人別調べをやってるのか」

甚八の声が大きくなる。わざと大声を出しているのだ。

「答えられないって？　ふふん、浪人なんてみんなそんなもんよな。脛《すね》に傷がある。それも幾つもな。ろくなやつはいねえ。腹ぁ空かした野良犬みてえにうろうろしてよ、やたら噛《か》みついて」

「何だと」

胴間声《どうまごえ》が甚八のしゃべりを遮《さえぎ》った。

すぐ後ろだ。

「きさま、もう一度、言ってみろ」

振り向くと、屈強な身体つきの男が立っていた。両足を開き、甚八を睨《にら》みつけている。月代《さかやき》は伸び、髭《ひげ》も伸び、いかにも浪人といった風体だ。

「町人の分際で武士を軽んじるか。事と次第によっては許さんぞ」

「けっ、よく言うぜ」

甚八が立ち上がり、胸を張る。

「その町人に雇われて日銭《ひぜに》を稼いでいるのは、どちらさんでござんすかねえ」

「くっ、きさま」

浪人の面《おもて》に血が上る。

危ないな。

藤士郎も腰を上げた。浪人は大小を佩《は》いている。藤士郎のように丸腰ではなかった。しかも、かなり気が尖《とが》っている。ちりちりと殺気に近い気配が伝わってきた。

おい、もうよせ。

目配《めくば》せしたが、甚八は気付かない。あるいは、気づかない振りをしているのか、口を閉じようとはしなかった。

「武士だ、侍だって威張《いば》ってても、町人のおかげで口を過ごしてるんじゃねえか。へっ、笑わせせんじゃねえよ」

「おのれ、町人。もう堪忍《かんにん》できん」

浪人が柄《つか》に手を掛けた。

「へえ、抜くのかい。抜きたきゃ抜きゃあいいだろう。武士のくせに、匕首《あいくち》一つ持たねえ町人を斬るってか？　へん、上等じゃねえか。やれるもんならばっさりやってみな。けどわかってんだろうな。切捨御免《きりすてごめん》は御法度《ごはっと》だぜ。おれを殺《や》れば、そっちだってただじゃすまねえ」

甚八が袖を捲《まく》り上げ、肩を突き出した。

浪人がすうっと目を細める。血の気が引いて、頬のあたりが蒼白《あおじろ》く変わる。さっきまでの激昂《げっこう》が跡形もなく消えていく。そのまま、腰を落とし、じりっじりっと地を這うような足取りで前に進む。甚八が息を詰めた。

居合か。

藤士郎は薪を摑むと甚八の前に飛びだした。

「つぉーっ」

気合とともに白刃《はくじん》が一閃《いっせん》する。

がっ。鈍い音がした。薪に刃が食い込んだ音だ。

一瞬、浪人と眼が合う。

「何者だ」

浪人が尋ねてきた。

「なぜ、邪魔をする」

背筋がうそ寒くなるような冷えた声だった。

「すまぬ。友人がとんだ無礼をはたらいた。お詫《わ》び申し上げる。まったくもって、申し訳ない」

藤士郎はわざと明るく言い放った。

ふんっ。

浪人の気息が微かに揺れた。

薪が二つに割れ、藤士郎の足元に転がる。

「友人だと？」

浪人は一刀を鞘《さや》に納め、顎を引いた。

「おぬし、この男の友人なわけか」

「そうなのだ。こいつ、甚八と言ってな。根は悪くないのだが、お調子乗りの礼儀知らずで、がさつな上に滅法《めっぽう》、口も悪い。おれも些か手を焼いている」

「はあ？　おい、寝惚《ねぼ》けてんじゃねえぞ」

甚八が後ろから肩を摑んでくる。

「ふざけやがって。おれがいつ、おめえなんかと」

友人になったんだよと続けたかったのだろうが、言い切ることはできなかった。藤士郎が振り向きざま顔面を殴《なぐ》ったからだ。

派手な音をたてて、甚八が地面に転がる。

「寝惚けているのはそっちだ。いい加減、目を覚ませ。命が惜《お》しかったら少しは口を慎《つつし》んだ。この、馬鹿」

起き上がろうとする甚八の頰を、今度は平手ではった。甚八の鼻血が散る。

「おれがよく言い聞かせる。今日のところはこれで許してやってくれ。この通り、お頼み申す」

浪人に向き直り、低頭する。

「そうはいかぬ」

浪人が歯を剝《む》き出して笑った。

「あそこまで虚仮《こけ》にされたのだ。見過ごすことはできん。この男の首を胴体から斬り落としてやらねば気が済まん」

「そこを何とか」

「ならん」

「しかし、甚八がさっき言ったように、丸腰の町人を斬ったとあっては貴公も無事ではすまんぞ。死罪はなくとも遠島は免《まぬか》れんかもしれん」

「それがどうした。どうせ憂《う》き世《よ》に生きている。江戸でも島でも変わりはせん」

浪人の口調は冷えきっていた。生きることに倦《う》んでいるのだろうか。

「しかし丸腰の相手だぞ。かえって武士の名折れになるのではないか」

「む……それは……」

浪人は口元を引き結んだ。

「それに、蔵の前を血みどろにするつもりか。讃岐屋どのにとんだ迷惑をかけることになる。諍いの果てに人夫が一人、首を刎《は》ねられたとあっては、商《あきな》いの妨《さまた》げともなるやもしれん。我らを雇い入れてくれた商家に累《るい》を及ぼす、それは貴公の本意ではあるまい」

「……むろんだ」

浪人は、鼻を押さえて蹲《うずくま》っている甚八を一瞥《いちべつ》した。

「口の達者な友人がいて命拾いしたな。これに懲《こ》りて、少しは身の程を知れ。今度、今日のような口をきいたら首が飛ぶぞ」

言い捨てて、背中を向ける。

「おい、待てよ。てめえ」

起き上がった甚八の腕を摑み、藤士郎は指に力を込めた。

「いてて、放せ。馬鹿野郎」

「馬鹿はおまえだ。死にたいのか」

「あんな痩せ浪人におれが殺《や》れるかよ。斬りかかってきたら、横っ面《つら》をぶん殴ってやるつもりだったのによ、邪魔しやがって」

「ぶん殴る前に、腕が斬り落とされてたさ」

「呆《ほう》けたこと言うんじゃねえ。憚りながら、讃岐屋人夫の甚八さんといやあ、ちっとは聞こえた剛の者だぜ」

藤士郎は薪を拾い上げると、甚八に差し出した。

「なんだよ?」

「切り口をよく見てみろ。見事なもんだろう」

浪人の一刀は、皮一枚残して、薪をほぼ両断していた。

「そ、それがどうしたい。おれだって、薪くらい割れるさ。これくらいだったら、すかっと一回で割っちまうぜ」

「それは、鉈《なた》で木の筋に沿って割った場合だろう。あの浪人は横ざまに断ち割った。そこを考えろ。そして、人の腕ってのは、薪よりはるかに柔《やわ》いもんだ」

ぐうっと、甚八が喉の奥を鳴らした。

「威勢がいいのも悪くはないが、闇雲に突っかかるのは止《よ》せ。命取りになるぞ」

それにしてもと、藤士郎は薪の切り口に目をやる。

これほどの腕があっても、仕官の道は叶わぬわけか。

江戸に来て、大勢の浪人たちを見た。痩せて貧弱な体軀《たいく》の者も恰幅《かっぷく》のいい大男もいた。ごろつき紛いの荒《すさ》んだ眼つきの者も疲れ切った風体の者もいた。他人からすれば、自分も大勢の浪人の内の一人だろう。もっとも、仕官する前に脱藩した身だ。浪人だ、牢籠人《ろうろうにん》だといわれても、今一つ解せない。ただ、剣の腕だけで仕官先が見つかる見込みはほとんどないのだと、その事実だけはわかる。

「その通りだよ、甚八」

横合いから手代が口を挟んできた。

茹《ゆ》でた卵のようにつるんとした顔つきの優男《やさおとこ》だった。

「ずっと見ていたけど、ありゃあ、おまえが煽《あお》ったって言われても仕方ないね」

ずっと見ていたのなら、どこかで止めろ。

胸裏で呟《つぶや》いてみる。

「伊吹さまのおかげで、片腕にならずにすんだんだ。ありがたく思わなきゃ罰《ばち》があたるよ」

手代はさらりと藤士郎の苗字を口にした。

日傭《ひよう》稼ぎの人夫一人一人の名を覚えているのか？

手代が藤士郎を見やり、口元を緩めた。明らかな愛想笑いだった。その笑顔のまま頭を下げる。

「伊吹さま、お執《と》り成《な》し、まことにありがとうございます」

「え……あ、いや別に……ご丁寧に痛み入る」

藤士郎も低頭する。顔を上げたとたん、手代と視線が絡んだ。

値踏みするような眼差《まなざ》しだ。口元の笑みとはうらはらに、緩みはなかった。

「伊吹さま、ちょっとよろしいですかね」

「は？」

「主《あるじ》が呼んでおります。こちらへ」

手代は藤士郎から視線を外し、歩き出した。ついてくるのが当然だといわんばかりの態度だ。物言いは慇懃《いんぎん》だが、尊大さが見え隠れする。

のこのこ付いていくなどいくものか。

藤士郎の若い誇りが頭をもたげる。

「おい、行きなよ」

甚八が背中を押した。

「讃岐屋の旦那に直《じか》に呼ばれるなんて、滅多にないぜ」

「しかし、手代のあの態度には納得できん」

甚八が顔を歪めた。

「納得するしねえじゃねえよ。呼ばれたら行くもんだ。きっと、あんた、褒《ほ》めてもらえんだよ。いざこざを上手《うま》く収めたとかなんとかってな。まっ、おれ一人で十分に収められたんだけどよ」

歪んだ顔がおかしい。どこまでも強がる物言いもおかしい。口の端《は》から息が漏れて、そのおかげで身体の力も抜けた。

「わかった。行ってくる。じゃあな、甚八」

「おう。もし褒美《ほうび》がもらえたら、わけてくれな」

甚八がまた、背中を押してきた。さっきまでの尖った調子は消えている。それも、また、おかしかった。

手代の後をついていくと、庭から廊下に上がり、そのまま奥の一間に通された。客間にしては質素な、しかし、こざっぱり片付いた気持ちの良い座敷だ。床の間に青磁《せいじ》の香炉《こうろ》が置いてあり、微かな芳香が漂っていた。障子《しょうじ》が開け放してあるので、風が入ってくる。

手代は上座に座るよう指示してから、何も言わず部屋から出て行った。入れ違いに
「馬鹿」

小女が茶と菓子を運んでくる。

上等な落雁《らくがん》と上等な茶だ。さっきの日干し茶とは雲泥《うんでい》の差だった。

お代に持って帰ってやりたいな。

弁当と手拭いの礼に、上等の菓子を渡してやりたい。

ちらりと考えた。

持ち帰った落雁より、手間賃で蕎麦《そば》でも馳走《ちそう》した方が喜ぶだろうか。そうとも考えた。

「夜鳴《よなき》蕎麦とやらを一度、食べてみたいの」

そう言ったのは、美鶴だ。まだ、娘のころだった。赤い振り袖をひらりと振って、あろうことか舌を鳴らしたのだ。

「姉上、はしたないです」

「あら、何が」

「舌を鳴らすなんて、母上に叱《しか》られますよ」

「あら、ご心配なく。母上さまの前では、頼まれてもしませんから」

美鶴がけろりとした顔で返事をしてくる。

「佐平《さへい》とおふゆが、酉《とり》の日に回ってくる夜鳴蕎麦屋のお蕎麦が、たいそう美味《おい》しいって話をしてたの。わたしも、食べてみたい」

「他人の話を盗み聞きなんかしたのですか」

「してません。あの二人、地声が大きいから、みんな筒抜けになっちゃうの。ねえ、藤士郎。あなた、お家を継いでお役目をいただくようになったら、江戸に上ることもあるわね」

「そりゃあ、あるかもしれませんが」

「そしたら、江戸の夜鳴蕎麦……江戸では夜鷹《よたか》蕎麦と呼ぶそうなのだけれど、その蕎麦を食べてみて。どんな味か教えてちょうだい。きっと、すごく美味しいのでしょうね」

「酉の日の蕎麦屋の話をしてたんじゃないですか。江戸とどう関わってくるんです。その夜鳴蕎麦屋だか夜鷹蕎麦屋だかが江戸で修業でもしてたんですか」

「あら、まさか。そんなわけないでしょ」

美鶴は肩を窄《すぼ》めて、軽やかに笑った。姉といると、からかわれているようにも、翻《ほん》弄《ろう》されているようにも感じる。それでも楽しいのだから始末が悪い。

江戸で二度、夜鷹蕎麦を食べた。一杯十六文の蕎麦はしっかりと出汁の風味が効いて、文句なく美味かった。屋台に吊《つ》るした風鈴の音で客を呼ぶという趣向も、おもしろく感じられた。

美鶴と一緒に江戸を歩き、屋台で蕎麦を食べる。

訪れるわけもないそんな日を、詮無く考えてしまうことがあった。

軽い足音がした。

「お待たせいたしました」

柔らかな声音《こわね》とともに男が入ってくる。跡を追う如《ごと》く涼やかな風が吹き込んできた。

「急なお客が来られまして、手を取られました。こちらから呼びたてておきながら、お待たせしてしまうとは申し訳ない。どうか、ご容赦《ようしゃ》ください」

媚茶《こびちゃ》の金通縞《きんつうじま》の小袖と鶯《うぐいす》色《いろ》の羽織姿という出立の男は、藤士郎の前に座り、頭を下げた。

「讃岐屋の主、徳之助《とくのすけ》にございます」

「伊吹藤士郎と申す。この度はお世話になり申した」

「いやいや、お世話になったのはこちらでございますよ。人夫たちの揉《も》め事を上手くさばいてくださったそうで、助かりました」

讃岐屋徳之助は物言い同様柔和《にゅうわ》な顔立ちをしていた。福太郎ほどではないがやや下膨《しもぶく》れの丸顔で、福太郎より一回り身体が大きい。

五十がらみの、いかにも裕福な商家の主という風情があった。物言いも仕草もゆったりとしていながら、そつがないのだ。

「甚八は昔からうちの人夫でして、日雇いではなく讃岐屋の奉公人となります。まあ、そういう者は数人ばかりおりますが、あれにはちょっとした事情がございましてねえ」

ちょっとした事情がどういうものか問うていいのか悪いのか、判じられなかった。

徳之助が短く息を吐く。その間を計っていたかのように、小女が盆を掲げて入ってきた。

茶と菓子が新しいものに取り換えられる。「ささ、どうぞ」と茶菓を勧めてから、徳之助は徐《おもむろ》にしゃべり始めた。

「あれの父親もうちの雇《やとい》人夫でしたのですが、ある日、甚八が七つの年に亡くなりましてな。お武家に斬り殺されたのです」

「えっ」

湯呑《ゆのみ》に伸ばそうとした手が止まった。

「斬り殺された？」

「はい。名を二助《にすけ》と申しましたが荷運びの最中によろめいて、たまたま通りかかったお武家さまにぶつかり転ばせてしまったのです。しかも、俵を転んだお武家さまの上に落としてしまいまして……」

「それで、ばっさりとやられたと？」

「それがはっきりとはわかりません。ただ、二助は運が悪かったとは言えます。お武家さまはお仲間数人とご一緒でした。少しお酒を召していたようです」

「つまり昼間から仲間とつるんで飲み、酔っぱらっていたわけだ」

「身も蓋《ふた》もない言い方ですが、まあその通りです」

徳之助が苦笑する。

「そのお仲間が笑ったのです。炭俵の下でもがくお武家さまの格好が滑稽《こっけい》だと、それはもう遠慮のない笑い方でした。それで、お武家さまがたいそう立腹されて……」

「甚八の父親を斬り捨てたわけか」

「いいえ、そのときはお仲間に止められました。無礼《ぶれい》打ちはそうそう許されるものでもありませんから。わたしどもも、かなりの金子をお渡ししてその場は収まったかに思えましたけれど……。翌朝、二助は店の近くで倒れておりました」

そのときの光景を思い浮かべたのか、徳之助は肉付きのいい身体を震わせた。

「傷は深く、しかし、その場ですぐに絶命するほどでもありませんでした。それが、かえって二助を苦しめましてなあ。医者は呼びましたが手の施《ほどこ》しようがなく、二日間呻《うめ》き続けて息を引き取りました。甚八はその様子をつぶさに見ておったのです」

「それは前日の武士の仕業《しわざ》だったのか」

「わかりません。下手人は捕らえられぬまま結句うやむやになりましたから。けれど甚八はあの武士たちが殺《や》ったと信じております。他には考えられないと」

「……なるほど、父親を惨《むご》く殺されたと思えば、武士を怨《うら》むのも当たり前だな」

甚八の棘《とげ》のある目つき、口振りがすとんと腑に落ちた。腑に落ちたからといって何ができるわけもないが、甚八の尖り具合を哀れだとは感じる。

「それにしても、人が殺されたのだ。武士たちをちゃんと調べなかったのだろうか」

「そうでございますねえ。お武家さまのことは町方にはわかりかねますが、非はこちらにもありましたし、二助がその場で斬り殺されたわけでもなし、殺した証があるでなし、おそらく、お咎《とが》めはなかったでしょうよ。むしろ、あちらの懐が潤《うるお》ったと申しますか……、手前どもが事を収めるために、かなりの金子を支払いましたので」

「人一人殺しておいて咎めなしか。それは、納得できんな」

本音だった。

命は命、一人は一人だろう。

「伊吹さまはそのようにお考えですかな」

徳之助が茶をすすった。

「讃岐屋どのは考えぬのか」

「考えませぬな」

あっさりと言い切られた。

「お武家さまと町方では命といえども軽重《けいちょう》があります。まして、二助はとんでもない不始末をしでかしてしまった。あれは致し方ない仕儀だったと、わたしは思うております」

「よろめいて俵を落としたのが、命と引き換えにせねばならぬほどの不始末なのか」

「俵を落とした相手が町方なら、申し訳ないで済んだでしょうが、お武家だったのが二助の不運でした。そう思うしかありませぬ」

命といえども軽重がある。

確かにそうだ。

武家と町方だけではない。武家の内にだって、いや、武家だからこそ身分の差は歴然とあるではないか。

五馬が下士の生まれでなかったら、刺客などに仕立てられることはなかっただろう。手駒《てごま》として使われ、切り捨てられることはなかった。命に軽重がある。人に身分がある。はっきりとした線引きがある。天羽にいたころ、伊吹家の嫡男《ちゃくなん》として暮らしていたころ、この世にそんなものがあるとは思ってもいなかった。いや、考えもしなかったのだ。

奉公人にかしずかれ、食事に事欠くことも寒さに震えることも知らなかった。それを特にありがたいとも、恵まれているとも考えなかった。

この世には堅牢《けんろう》な身分の壁があり、何人《なんぴと》であっても越えることはできない。頭ではわかっていたが、生々しく心に染みはしなかった。自分を取り巻く世間は多少のでこぼこはありながら、なべて一様で、さしたる差異はないとまで感じていた。

井の中の蛙も甚《はなは》だしい。蛙なら世間の何を知らなくても許されもしようが……。

おれは人だ。

藤士郎は膝の上でこぶしを握った。

知ってしまえば、知らなかったころには戻れませぬ。

また、左京の声が響く。

そうだ。おれは知ってしまった。この世のどうしようもないからくりを、非情や残酷を僅かといえども知ってしまった。

知らなかったころには戻れない。

戻れなければどうするか。

その場に蹲るか前に進むか。二途しかない。

蹲るわけにはいかないのだ。

父を介錯した。友に止めを刺した。そうやってここまで生き延びてきた。だから、蹲りはしない。逝《い》った者に代わって、天羽が、そして、この世がどう変容していくか見届けねばならない。

「あ、いや、こんな話をするために、お呼び立てしたのではありません。ついつい、余計なことを申し上げました」

藤士郎の沈黙を思い違え、徳之助が詫びてくる。

「いや、余計だなどとは毛頭思わぬが……。他に何かあるのか」

「ございますとも」

徳之助が膝を進める。

「実は折り入って伊吹さまにご相談、というか、お願いがございまして」

徳之助が微笑む。

藤士郎は顎を引いた。頬のあたりが強張《こわば》る。

世間の波を掻《か》い潜《くぐ》ってきた者の笑みは剣呑《けんのん》だ。油断がならない。そこは武家であっても町方であっても変わらない。笑みを全て善意と勘違いしない。それくらいの世知は身に付けた。

「これにおりますのは、手代の太平《たへい》と申しますが」

主の紹介に、あののっぺり顔の手代が会釈《えしゃく》する。

「これがずっと伊吹さまのお仕事ぶりを見ておりましてね、しきりに感服いたしましてな」

「感服？」

「はい、失礼ながら伊吹さまは、荷運びは初めてでございましょう」

「そうだが」

荷運びどころか、初めて、身体を使ってまともに働いた。

「でしょうね、要領が悪いというか、身体の使い方がなっていないというか、見ていてはらはらしどおしでした」

太平が口を挟む。こちらも、曖昧《あいまい》な笑みを浮かべていた。

「……そんなに危なっかしかったか」

「はい。そりゃあもう、今日扱いました品は楢《なら》ではなく姥目樫《うばめがし》の炭、質の良い備長《びんちょう》炭《たん》が主でしたから、余計にはらはらいたしました。落とされたりしたら、いかな硬い備長炭でも割れるやもしれません。そうなったら売値に響きます。いや、ほんとうに心配いたしました」

こうまで露骨《ろこつ》に言われると気分はよくない。どこがどう〝感服〟に繋《つな》がるのか見通せなかった。

「それが、みるみる要領を覚えられて、腰つきも足運びもしっかりされてきました。伊吹さまが他の人夫の動きを真似て、しっかり覚え込もうとしていることが、よくわかりました。いや、実に真面目なお方だなと感服した次第です。むろん、まだ頼りなくはありますがねえ。まあ、今の調子だとすぐに慣れてくるはずです。やる気があるのが一番ですから」

「はあ……」

貶《けな》しているのか、慇懃に嫌みを言われているのか、率直に褒めてくれているのか、迷う。

おまえのそういうところが駄目なのだ。直せ。

おれは藤士郎のそこが好きだ。見事だと思う。

故郷で交わした若い、真っ直ぐな言葉たちが懐かしい。

「それで、旦那さまに伊吹さまの働きぶりをお伝えしたんですよ。そうしたら、旦那さまも大いに気に入られまして」

にっ。太平が歯を覗かせた。徳之助も笑顔のまま、身を乗り出す。

「それで、太平とも相談いたしまして、伊吹さまにはぜひ差配《さはい》役をお願いしようと決めました」

「差配役？　それは、どのような役目なのだ」

「はい。一言でいうならば、まあ……人夫たちの番とでも申しましょうかね」

徳之助の物言いが、少しばかり歯切れが悪くなる。

「人夫を取りまとめるってことか。それなら、無理だ」

人夫たちの多くは気性《きしょう》が荒い。身体一つで稼いでいる矜持《きょうじ》も強い。武士だからといって恐れおののきもしないし、安易に従う気もさらさらないはずだ。

「おれのような青二才が何をしたって、人夫たちが素直に言うことを聞くとは思えないが」

いやいやと、徳之助が手を振った。

「人夫をまとめるのは人夫頭《がしら》がおりますから、その点はご心配なく。伊吹さまには、そのちょっと前のあたりをお手伝い願いたいのです」

「前？」

どうも話が回りくどい。これは商人全般の口調なのか、讃岐屋徳之助の物の言い方なのか。どちらにしてももう少し直截《ちょくせつ》に話してもらいたい。

「つまりですね、人夫の差配、人手を集める差配を受け持っていただきたいのです。うちには雇いの人夫が五、六人おります。先ほど申し上げましたが甚八などは親子二代にわたる雇人夫です」

「父親が殺されて、甚八は母と二人きりになりましたから、旦那さまがお情けで雇い入れてやったのですよ」

「太平。余計なことは言わなくていい。まあ、ですから、雇人夫がいるにはいるのですが、荷が大量に入ってくるとてもそれだけでは足りません。そのときそのときで人を雇うことになります。これを手前どもは日取り人夫と呼びます」

「うむ、なるほど。おれもその内の一人なわけだ」

「あ、いや、まあそうでございますねえ。大変、失礼かとは存じますが、そのようなことになりますでしょうか」

やはり、まだるっこしい言い方だ。藤士郎は、日取り人夫の立場をさほど苦にも屈辱にも感じていなかった。己《おのれ》の力で初めて銭を稼いだ、そこに昂《たかぶ》りはしても羞恥《しゅうち》は覚えない。

「で、日取り人夫の雇い入れは太平が主となって、あちこちの口入屋を通して行います。余談ですが、加治屋さんとは古くからお付き合いがございましてな」

「ふむ」

「ところが、船の都合で急に荷が入ることがございます。そういうときにもできるだけ迅速《じんそく》に人手を集めねばなりません。その仕事を太平に代わって、伊吹さまにやっていただきたいのです」

「え？」

話が思わぬ展開になってきた。組んでいた腕を解《ほど》き、目を見張る。

「それと、もう一つ。今日のように揉め事があったときに、上手く執り成していただけたらと思うておりましてな」

ちらり。徳之助が上目遣いに見てくる。

「実は、今回もかなり急な荷の入り方で、人集めが難儀いたしました。それで、ともかくまあ集めは集めたのですが、あのお武家さまのような……えっと、何という方だったかな」

「村上《むらかみ》さまですね。村上保津《ほづ》と雇い入れ帳には記してあります」

太平は、人夫の名前と顔が全て一致するらしい。すらりと答えを返した。

「そう、村上さまのようなお方、つまり、お武家さまの矜持は持ちながら、言葉は悪いですが食い詰めて、どうしようもなくなった方も交ざってしまいます。そういう方は、どうも扱い方が難しく、ちょっとしたことで今日のような騒ぎを起こしかねないのです」

「しかし、今日は甚八にも非があるぞ。喧嘩《けんか》を売ったとまではいかなくても、わざと煽っていたのは明白だ」

「ええ、ええ、わかっております」

徳之助が僅かに眉を寄せた。

「あれは甚八が悪い。後で、よく言い聞かせます。しかし、村上さまもお腰の物を頑《がん》として外そうとはなさらなかったのです。うちは用心のため、荷運びの最中はお刀を預かるようにしております。それか、伊吹さまのように端《はな》からお外ししていただくか、です。ところが村上さまはどうしても嫌だと言い張られました。刀は武士の魂、我が身から離すことなどできぬとおっしゃって。では、お引き取りくださいとも言えず……、正直、怖《こお》うございましたからねえ。店で白刃を振り回されでもしたら大事《おおごと》になります」

それはあるまい。

徳之助は狂犬が迷い込んできたかのように言うが、あの武士、村上保津は居合の遣い手だ。どう間違っても、むやみに刃を振り回したりはしない。ただし、抜いたときは誰かの首が飛んでいたかもしれないが。

「このところ、ご浪人の数もますます増え、その中にはちょっと厄介な方々もおられます。それで、今日のようにごたごたがあったときは、伊吹さまに上手く御執り成しいただきたいのです。あ、それに、たまに店の方にもお武家さまが難癖をつけにこられたりもします。二助の件ではありませんが、店先で袴《はかま》に炭が付いただの、粉が目に入っただのと、難癖としか言いようがないことを言い募《つの》られまして……」

「それで、なにがしかの金子をせしめるのか」

「はい。うちは屈強な人夫がおりますから、そうそう脅《おど》しには屈しなくてすみますが、それでも、商家としては穏便に事を済ませたいのが本音。そこそこの銭で片付くならとついつい銭の包みを渡してしまいます。いや、実は昨年のことになりますが、茅場町《かやばちょう》の米問屋で難癖をつけたご浪人を人夫たちが表通りに放り出したところ、翌朝、そのご浪人が店の前で腹を切られたとか。そりゃあもう、たいそうな騒ぎになりまして。そうなれば商いにも影を落とします。ほとほと困りものですよ」

「なるほど。浪人同士で上手く話をつけ、二度と店に近づかないようにしたいというところか」

「はい、その通りです」

今度はやけにすっきりと、徳之助は答えた。

厄介な浪人たちの世話を一手に引き受けろ。とどのつまり、讃岐屋はそう告げているのだ。

「しかし、なぜ、今日会ったばかりのおれに話を持ってくるのだ」

「伊吹さまは信用できるからです」

徳之助が居住まいを正した。

「加治屋さんも伊吹さまの為人《ひととなり》については太鼓判《たいこばん》を押すと言いましたし、今日の働き具合を見ていても信用できます。わたしも商人の端《はし》くれ、人を見る眼は持っておるつもりです」

そこまで言われると、かえって面映《おもは》ゆい。

それにしても、江戸での浪人の評判は相当、危ういものらしい。徳之助たちは藤士郎の手前、かなり遠慮しながら話はしているのだろうが、それでも、ごろつきまがいの脅し強請《ゆすり》をはたらいて憚らない姿が窺える。そこまでいかなくても、村上や藤士郎のように日銭を稼ぐために商家に雇われなければならないのが、実情なのだ。養《やしな》う妻子、老親がいれば暮らしはさらに困窮し、心根は荒んでいくのではないか。米問屋の店前で自刃《じじん》した浪人は米問屋ではなく幕府に対する申し立てとして腹を切ったのかもしれない。それとも、強請、集《たか》りでしか暮らしをたてられない日々に疲れ切ったのか。

将軍の膝元、江戸で何かが崩れ始めている。そんな気がしてならなかった。

「これまた無礼ながら、手間賃は日に銀十匁《もんめ》、お払いいたします」

「銀十匁！」

つい、眉が吊り上がってしまった。お代の父、鋳掛屋の与平《よへい》の一日の稼ぎが四、五百文と聞いた。長屋一の分限者《ぶげんしゃ》と言われている大工の吉蔵《きちぞう》でも銀五匁ちょっとだとか。そんな懐事情は全部、お代が教えてくれたのだが、それが本当ならば銀十匁の日当は破格だ。

「むろん、昼食の用意は手前どもでいたします。いかがでしょうか、伊吹さま」

「ありがたい話だが、お断りする」

うっと、徳之助が呻いた。

まさか、断られるとは思っていなかった。

表情から驚きが透けて見える。

「手間賃がご不満なら、もう少しは」

「いや、十分な額だ。しかし、受ける気がしない。まことに申し訳ない。では、これにて」

頭を下げ一礼すると、太平の止める声を振り切って廊下に出た。庭におり、そのまま裏木戸から表通りに向かう。

銀十匁か。

ふっと息が零《こぼ》れた。

袖にするには、些か勿体《もったい》ない額だ。しかし、嫌だった。徳之助の口吻《こうふん》には浪人同士をぶつけ合って、自分たちの難を払おうとする下心が臭っていた。

闘鶏《とうけい》ではあるまいし。

互いに突き合い、蹴り合い、傷つけ合う。そんなもの、ごめんだ。

若い誇りが疼《うず》いた。だから、拒《こば》んだ。

馬鹿だね。銀十匁だよ。誇りも塵《ちり》もあるもんか。そんなんじゃ、このお江戸でおまんま食っていかれないよ。ほんと、甘っちょろいんだから。

お代に知られたら、頭ごなしに叱られるか嗤われるかだ。

確かに銀十匁は惜しかったな。

苦笑いを浮かべながら、黒松長屋に帰り着いた。

とたん、お代が走り寄ってきた。

「藤士郎さん」

真剣な眼差しをしている。心なし、頰が蒼《あお》かった。藤士郎の腕を摑み、顔を近づけてくる。

「うわっ、どうしたんだ。まさか銀十匁のことが耳に入ったわけじゃないだろうな」

「は？　何のことだよ」

「いや……そうだよな。幾らお代が地獄耳でも、無理だな」

「何言ってるのさ、ほんとに、ねえ、大丈夫だったかい。そこですれ違わなかった？」

「誰にだ？　お代、そっちこそ何を言ってるんだ」

お代がこくっと息を吞み込んだ。

「四半刻《しはんとき》ぐらい前に、藤士郎さんのところに客が来たんだよ」

「おれに、客が」

どくん。

胸が高鳴った。鼓動《こどう》が激しくなる。お代の目を見詰め返す。

「どんな客だ」

もしかしたら、もしかしたら、もしかしたら……。

「若い侍さ。浪人には見えなかったよ、小ぎれいな形《なり》をしてたから。でも、怖かった」

お代が唇を噛んだ。怖《お》じ気と戦っているようだった。

「静かな物言いをする人で、いい男だったよ。おかみさん連中が騒ぐぐらい。でも、あたいは怖かった。何だか人じゃないみたいで……。藤士郎さん、あの男、誰だよ」

「四半刻前に来たんだな」

「そうだよ。留守だとわかったら、おかみさん連中に藤士郎さんのことあれこれ聞いてた。お筆《ふで》さんが、讃岐屋さんに働きに行ってることも話しちゃった」

「その男、どっちに行ったかわかるか」

「わかるさ。竪川の方だよ。あたい、見てたからね。あ、どこに行くの」

駆け出そうとした藤士郎の腕に、お代が縋《すが》りつく。

「藤士郎さん、危ないよ。あの侍は危ない。駄目だよ、行っちゃ駄目。逃げて、逃げてよ」

お代の震える肩を藤士郎はそっと抱いた。女の髪が匂った。

「兄なのだ」

耳元に囁《ささや》く。

お代が瞬きをした。口が丸く開く。

「おれの、たった一人の兄なのだ、お代」

お代の力が抜ける。

藤士郎は腕を抜き、一歩、後ろに下がった。

「すぐに帰ってくる。今度、蕎麦を馳走するからな」

「藤士郎さん」

踵《きびす》を返し、藤士郎は駆け出した。

江戸の空はすでに青から藍に変わろうとしている。間もなくそこに濃紫が加わり、やがて漆黒《しっこく》となる。

まだ光と闇がせめぎ合う空の下を、藤士郎は懸命に駆けた。

第四章　流れの行く先

五間堀《ごけんぼり》にかかる弥勒寺《みろくじ》橋を渡ると、武家屋敷と弥勒寺に挟まれた道がほぼ真《ま》っ直《す》ぐに、竪川岸まで続く。道の先にはまた、橋があった。二《ふた》ツ目《め》橋だ。

吹いてくる風は既に秋の気配を仄《ほの》かに含んで、涼やかだ。滲《にじ》み出た汗を拭《ぬぐ》い去ってくれる。知らぬ間に日の足も速くなったのだろう、光は赤みを帯《お》びているくせに、どこか澄んで儚《はかな》げでさえある。

竪川はその光を浴びて、川面《かわも》を臙脂色《えんじいろ》に染めていた。

なぜ、と思う。

なぜ、こんなにも江戸では季節が早く巡ってしまうのか。夏の盛《さか》りと秋のとば口《と》が隣同士に座してくっついている。季節は天羽のように、はっきりと分かれぬまま融け合ってしまう。奇妙な所だ。

足が止まる。

目の前を蜻蛉《とんぼ》が一匹、すいっと過《よぎ》った。

二ツ目橋は幅三間、長さは十間ほどある。その真ん中あたりに、男が一人立っていた。欄干《らんかん》に身を寄せ、臙脂色の川面を見詰《みつ》めている。腕を組み、俯《うつむ》き加減の姿は何かを思案しているようにも、流れに見惚《みと》れているようにも思えた。

藤士郎は気息を整え、足取りを緩《ゆる》めた。ゆっくりと、男に近づいていく。藤士郎の足音も気配も確かに捉《とら》えているはずなのに、男は身じろぎもしなかった。

「飛び込むつもりなら止《や》めとけ。流れは相当に速いぞ」

声をかける。

男の、柘植左京の視線が藤士郎に向けられた。目を軽く細め、左京は腕を解《ほど》いた。

「お久しゅうございます、藤士郎さま」

「ほんとだな。随分と刻《とき》がかかったではないか。もしかしたら、江戸に辿《たど》り着けなかったのかと気を揉《も》んだぞ」

「ご冗談を」

左京が軽く肩を竦《すく》めた。

なるほど、お代の言う通り、こざっぱりとした身形《みなり》だ。髷《まげ》も乱れていないし、小袖《こそで》も袴《はかま》も地味ながら汚れもほつれもない。汗に塗《まみ》れて、くたびれきった藤士郎の形とはかなりの差だ。

「わたしなりに江戸での暮らしを固めるために、日数《ひかず》がかかりました。あなたの居場所を捜すのも思ったより難儀で。若い、田舎《いなか》武士など江戸にはごまんとおりますから」

「相変わらず、物言いに棘《とげ》があるな。ふん、田舎武士で悪かったな。そなただって同じ在所ではないか。江戸慣れして、こちらを見下すつもりなら心得違いだ」

藤士郎はわざと鼻を鳴らしてみた。すぐに、子どもじみた所作だったなと、恥じる。が、左京は気にもならない風で、視線をまた、川面に戻した。

「わたしは別に、江戸が天羽より優《すぐ》れた地とは思うておりません。藤士郎さまを含めて他人を見下した覚えもありません。ただ、江戸にはあらゆる場所からあらゆるものが流れ込んでくるのは事実でしょう。人も物も金も。その勢いは天羽にはなかった」

「だな。でっかい口を開けて、何もかもを吸い寄せる化け物みたいな町だ。江戸は」

「そのようにお感じになりましたか」

「うむ。まだ三月《みつき》、四月《よつき》しか暮らしてはおらんが化け物の鼓動《こどう》は感じる。あらゆる場所からあらゆるものが流れ込む。確かに、おぬしの言う通りだ。恐ろしいほどの活気だ。ここにいると何でもできるようにも、何をしても無駄なようにも感じてしまうな」

「なるほど……。藤士郎さま」

「うん？」

「少しばかり大人になったようですね」

「何だ、その言い方は。まるで、おれがガキだったみたいに聞こえるではないか」

「違いますか」

「けっ、しゃらくせえ。てめえは屋根に止まった鴉《からす》の嚊《かかあ》か。人さまを見下ろしてカアカア騒ぐんじゃねえぜ。すっこんでろ、このすっとこどっこいが」

左京が顎《あご》を引き、瞬《まばた》きをした。藤士郎はにやりと笑って見せる。

「と、江戸者なら啖呵《たんか》の一つも切るところだな」

「……あまり様になっていませんが」

そこで、左京も微《かす》かに笑った。

「でも以前のあなたなら、そんなふざけ方はしなかった。いや、したくてもできなかった。それを思えば、やはり、少しは鍛《きた》えられたということでしょうね。美鶴さまがお知りになったら喜ばれると思いますよ。あの方は、堅苦しいものがお嫌いですから」

「姉上か」

不意に姉の名前を出され、僅《わず》かながら動揺する。

「ご息災だろうか。きっと、おれたちのことを気にかけているだろうな。文《ふみ》の一つも出したいが、伝手《つて》がないしなあ」

町飛脚《まちびきゃく》を頼む金もない。空を渡る鳥に託してでも、姉に消息を伝えたいと何度も思った。

「なければ作ればよろしかろう」

「容易《たやす》く言うな。砂川村は天羽のさらに果てになる。文を届けてくれる者など、そうそうおるものか」

「城下までなら人の行き来はあります。城下から砂川まで、文を託す方はおられましょう」

「城下……、あっ、慶吾か」

そうだ。慶吾なら喜んで届けてくれるだろう。文を懐《ふところ》に、いそいそと峠道《とうげみち》をいそぐ友の顔が浮かぶ。

「しかし、慶吾のところまで誰に頼むかだが」

左京がすっと傍《そば》に寄ってきた。

「讃岐屋で働いておられるそうですね」

「は？　あ、ああそうだ。海辺大工町の薪炭《しんたん》問屋だ。長屋のおかみ連中から聞き出したのだな」

「いえ、聞き出す手間も要《い》りませんでした。あなたを訪ねていったら、勝手にいろいろと教えてくれたのです。藤士郎さま、あの長屋ではなかなかに気受けがよろしいのですね」

左京が一本一本、指を折りながら告げる。

「年寄り子どもに優しいだの、きちんと挨拶《あいさつ》をするだの、笑顔が可愛《かわい》らしいだの、いかにも育ちがよさそうで品があるだの、どことなく頼りなげで放っておけないだのと、みな、口々に褒《ほ》めておりましたよ。ああいう長屋のおかみ連中は口煩《くちうるさ》く、人の見定め方が厳しいものです。そこに手放しで褒められるのですから大したものだ」

「頼りなげというのは、褒めたうちに入らんだろう。笑顔が可愛いってのもどうなんだ。年頃の娘じゃあるまいし」

「細かな所に拘《こだわ》らなくてよろしいでしょう。それより、よく、讃岐屋に目を付けられましたね」

「え？」

「しかも、すんなりと雇われるとは。あなたがそこまで世故《せこ》に長《た》けているとは慮外でした」

「は……いや、ただ、大家がいい人で、見かねて仕事を探してくれただけだ。別におれの手柄ではない。それに、荷運びで雇われただけだからいつも仕事があるわけじゃない。ただ、まあ、銀十匁《もんめ》の仕事は持ちかけられたけれどな」

「銀十匁？　何ですか、それは？」

「うん、実はな……」

炭の荷運びの仕事、浪人と甚八の揉め事、その後の、讃岐屋徳之助との対面、そして、徳之助からの破格にも思える申し出等々。讃岐屋でのやりとりを伝える。しゃべっていると舌がほぐれ、天羽の国言葉がほろりと口をつく。語尾を江戸のように勢いよく撥《は》ねず、柔らかく丸める物言いが、我ながら心地よい。

黒松長屋で構えていたわけではないが、こんな風に心置きなくしゃべった覚えはなかった。

「断った？」

黙って耳を傾けていた左京が眉《まゆ》を上げ、藤士郎を見た。

「讃岐屋の本雇いになる話を断ったのですか」

「うん。要は用心棒みたいなものだろう。厄介《やっかい》な相手がきたら有無を言わさず叩《たた》き出す役、だ。そういうの、あまり気持ちよくはあるまい。あ、別に臆《おく》したわけではないぞ。無理難題をふっかけてくる輩《やから》なら遠慮せずに対しもできようが。どうも……」

「どうも、何です」

「うむ。どうもそれだけではないような気がしたのだ。つまり、ごろつき紛《まが》いの手合いだけではなく、もしかしたら、食い詰めて必死の浪人が、いや、浪人だけでなく、一文でも多くの手間賃が入用《いりよう》な男たちがやってくるかもしれんなと。暮らしていくために必死になっている者たちだ。そういう者を相手にして、凄《すご》んだり、脅《おど》したりはしたくないし、できるとも思えん。よしんば、浪人だけを相手にするのであっても、おれも似たような身の上なのに、似た者同士で突き合うのも意に沿わん気がしてな」

左京がため息をついた。

「では、本当に何もご存じなかったのですね」

「うん？　何の話だ」

「讃岐屋に雇われたのは、たまたまだったということですか。信じられない気もしますが」

左京が首を横に振った。口調にも仕草にも戸惑《とまど》いが滲んでいる。藤士郎を焦《じ》らしている風はなかった。

「だから何の話をしているんだ。おれにはさっぱり、わからんぞ」

「讃岐屋は天羽藩下屋敷に薪炭をおろしています」

えっと声を上げようとしたが口が開いただけで、声は出てこなかった。川風を思いっきり吸い込んで、胸の底がひやりと冷たくなる。

店者《たなもの》らしい風体《ふうてい》の男を乗せた猪牙舟《ちょきぶね》が、かなりの速さで川を下っていく。もう、旦那衆が吉原《よしわら》あたりに繰り出す刻なのだろうか。

「つまり、讃岐屋の雇人となれば、天羽藩下屋敷に出入りできる見込みがある。しかも、十分にあるのです」

「あ……あ、うむ」

辛《かろ》うじて頷《うなず》いた。今度は息を吐き出す。

「天羽藩の下屋敷がこの近くにあるのはご存じでしたか」

「うむ」

それは、さすがに知っていた。幾度《いくど》か足を運びもしたのだ。

「実はわたしがあなたを見つけたのも、下屋敷の様子を窺《うかが》っての帰り道でした。昨日のことです。一瞬、我が眼を疑いましたが間違いなく、藤士郎さまでした」

「なぜ、そのときに声をかけなかったのだ」

「お傍に女人《にょにん》をお連れでしたので」

「女人？　ああ、お代か」

福太郎に仕事を世話してもらったと告げると、お代が讃岐屋までの近道を教えてやると言ったのだ。長屋裏手の路地やら、神社の境内やらを通って小名木川の岸辺、万年橋《まんねんばし》のたもとまで出ると、讃岐屋はもう目と鼻の先だった。

「大家さんの地図通りに行くより、随分と早いよ」

お代は得意そうに笑った。このあたりは、庭も同然なのだと言った後、「まっ、あたい、庭付きの家に住んだことなんて一度もないけどさ」とさらに笑ったのだ。

「おれが黒松長屋に入るのを確かめた上で、今日、訪ねてきたのか。随分と用心したわけだ」

「万が一ということもございます。刺客《しかく》があなたを狙《ねら》っている見込みも無くはない」

「おれを？　まさか。今更、おれを殺しても得るものはないぞ」

「それは藤士郎さまのお考えでしょう。人は何かを得るためだけに、人を殺すわけではありません。怨《うら》みも憎しみも因《もと》となります」

「おれが誰に怨まれるというのだ」

「あなたによって害を蒙《こうむ》った者。例えば、あなたが囮《おとり》になってまで江戸に届けた書状によって、国許《くにもと》の重臣たちの中には失脚する恐れのある者が出てくるわけでしょう。それも、かなりの数。そういう者どもがあなたを怨み、刺客を放つ。あるいは」

「あるいは？」

左京がふっと言葉を止めた。その間が妙に気になる。

「藩邸からの刺客もありうる」

「まさか」

自分でも眉が吊《つ》り上がったのがわかる。

「なぜ、藩邸がおれを殺さねばならない」

「藩内の諍《いさか》いごとの真相を少なからず知っているからです。〝知り過ぎた者〟は往々にして邪魔になる。あなたは、まさか、まさかと驚かれますが、その〝まさか〟が起こるのが世の中というものです」

唸《うな》るしかなかった。それでは四方全て敵だらけになる。現《うつつ》はいつも、冷徹で容赦《ようしゃ》ない。怖くはないが、心が萎《な》えていくようだ。

「わたしはてっきり、藤士郎さまがそれを見越して、讃岐屋に入り込もうとしたと思

 っておりました。下屋敷の動向を探るために出入りの商家に目を付けられるとはと感服した次第です。江戸暮らしで、随分と策士になられたものだと」

「策士でなくて悪かったな。讃岐屋と下屋敷の繋《つな》がりなど、今の今まで知らなかった」

「そうですか。でも、その方があなたらしい」

「どういう意味だ？」

「他意はありません。天羽でも江戸でも、藤士郎さまは藤士郎さまだと感じ入ったわけです」

「おれを馬鹿にしているのか」

「安心したと申しているのです。人柄が変わらないのは悪いことではありませせぬ。人としての柱がしっかりしている証《あかし》です。何があっても変わらぬものを藤士郎さまがお持ちなら、それはよきことかと存じます」

左京がすっと視線を逸《そ》らす。

あ？　もしかして、おれをそんな風に認めていてくれたのか。

人としての柱がしっかりしている証。

何よりの称賛ではないか。

迷っても、悩んでも、惑ってもいい。自分の内に一本、揺るがぬ柱が欲しい。己《おのれ》が己として立つ。そのための柱を、己の内に持つ者でありたい。

父を介錯《かいしやく》し、友を手にかけた。

あの日々から後、藤士郎が胸の底に秘めていた望みだ。誰にも打ち明けたことのない想いを左京は汲《く》み取っていたのか。

「そんなことより、讃岐屋の件、断ってはなりませぬぞ」

いつもよりさらにつっけんどんな言い方を、左京はした。

「下屋敷とはいえ藩邸に潜り込める好機。逃《のが》す手はありません。活用させてもらいましょう」

「一度、断ったものをまた蒸し返すのか」

「そうです。気が変わったとか急に金が入用になったとか、何とでも言えるでしょう。今からでも、すぐに讃岐屋にお行きなさい」

「そうだな。些《いささ》か気が重いがしかたない」

「藤士郎さま」

左京が唇を藤士郎の耳に寄せる。息がかかり、その息が思いの外《ほか》熱いことに戸惑った。

「御蔭どのはまだ江戸におられる模様です」

「先生が」

朱子学者、御蔭八十雄。

父の学友であり、藩主吉岡左衛門尉継興《よしおかさえもんのじようつぐおき》の師でもあった。だからこそ、父の遺《のこ》した書状を託した。八十雄は首尾よく江戸藩邸に入ったものと思われた。それより先の様子は摑《つか》めないままだ。

「それもどうやら、下屋敷内に匿《かくま》われておられるようなのです」

「まことか」

「ここであなたを騙《だま》しても、しょうがないでしょう」

藤士郎から半歩離れ、左京は小さく頷いた。

「おそらく、間違いないはずです」

「おぬし、どこからそれを知った」

「世話になっている者が藩邸内の武士から聞き出しました。国許から来た学者が城主への講授のために屋敷内に住まわっているとのことです。どうやら客人として扱われているようですが」

「おい、待て。世話になっている者って誰だ? その男は、どうして屋敷内の事情を聞き出せるのだ」

「男ではありません」

「え……」

「女です。深川で芸者をしております」

「ふ、深川芸者だと。おぬし、今、芸者のところにいるのか」

「そうです」

実にあっさりと、左京は肯《うべな》った。また、口が開いてしまう。左京が横を向いた。唇を噛《か》む。それでも、漏《も》れてくる笑いをどうしようもなかったらしい。くっくっと笑声《しょうせい》が響く。その声に誘われたかのように、体の青い蜻蛉が一匹、左京の肩に止まった。

「何て顔だ。どうしてそんなに素直に心の内が面《おもて》に出るのですか。まったく……おかしい」

「間抜け面《づら》とでも言いたいのだろう。ふん、嗤《わら》えばいいさ。ああ、お好きなようにどうぞ」

「そうむくれないでください。たまたま、江戸で行き会った女が深川の芸者だっただけのこと。行く当てがあるのかと尋ねられたから、無いと正直に答えたら、ならば家に泊めてやると言うてくれました。そのまま今に至るまで、世話になっております。江戸の女は情が強《こわ》いと聞いておりましたが、どうしてどうして、なかなか親切なものです。人情に厚い。ですから、わたしも藤士郎さまも江戸者に拾われたわけです。お互い、運が良かった」

「けっ、そりゃあどうも。何でおれがあの大家でおぬしが深川芸者なんだ。拾い手に差があり過ぎる」

「拾われぬより、よいではありませんか」

「その余裕たっぷりの言い方にも腹が立つが、腹を立てている場合じゃないな。つまり、酒席で天羽藩の武士が、御蔭先生が下屋敷にいると漏らしたわけだ」

「はい。お京《きよう》……女の名前ですが、お京には、わけあって天羽藩の藩邸内の様子を知りたいとだけ告げてあります。客に、天羽藩の武士がちょくちょく交《ま》ざるのだと言いましたので」

「女に間者《かんじや》の真似《まね》をさせたのか」

「酒の席で、男から何かを聞き出したいのなら、女の方が千倍も有利なものです。わたしやあなたでは間者にはなれない」

「まあな」

一々もっともだと頷きそうになる。悔しいけれど、やはり悔しがっている場合ではないのだ。

「ただ、そこから先、御蔭どのが何のために屋敷に留め置かれているのか、あの書状がどうなったのか、どう使われるのか、そこまではとても摑み切れません」

「うむ。だろうな。父上の書状は、秘中の秘となるもの。おそらく、殿の周りに侍《はべ》るごく数人のみが知るだけだろう」

「例えば、四谷半兵衛《よつやはんべえ》」

側用人《そばようにん》の名を左京はこともなげに呼び捨てた。

「その辺りだろうな。それにしても、先生が江戸に入られてからかなりの月日が経《た》つ。それなのに、今のところ、表立った動きはない」

「はい」

「何故《なにゆえ》だ？　何故、殿はお動きあそばされないのだ」

「もし殿が本気で藩政の改新を考えておられるのなら、用心の上にも用心を重ね、準備万端これを怠《おこた》りなくせねばなりますまい。老練な執政、重臣を一掃するおつもりなら、なかなかの大仕事になります。下手をすればお家内に騒動を起こしたと、公儀から誅責《ちゅうせき》されかねません。それは藩として、どうあっても避けねばならぬでしょう。

決して長引かさず、できれば表向きは穏便な執政の新旧交代として済ませたいはずです」

「それで、秘密裏にことを進めているわけか」

「とも考えられる。と、しか言えませんが」

左京の声が低くなる。吉原に向かう猪牙舟の数が増えて、竪川は一気に賑《にぎ》やかになった。

「このまま、何も起こらない……。それはあるまいな」

船頭の櫓《ろ》が水を掻《か》く。そのたびに川面は揺れ、光を弾《はじ》いた。燕《つばめ》が何羽もその上を飛び交う。左京の肩に止まった蜻蛉は動かない。虫を捕る鳥を恐れるかのように、じっとしている。

「何か仔細《しさい》があって、全てをこのままにしておくとお考えになったとしたら。何一つ、変わらないとしたら」

震えが走った。思わず呻《うめ》いたほどの震えが、全身に及ぶ。歯がかたかたと鳴った。

藤士郎は両手で我が身を抱いた。

静まれ、静まれ。

己に言い聞かす。

「藤士郎さま」

「嫌だ。そんなことは許さん」

身体に回した腕に力を込める。そうしないと、身体が勝手に動き竪川に飛び込んでしまいそうだった。

「誰が許しても、たとえ天が許したとしても、おれは許さんぞ」

声音《こわね》まで震える。

静まれ、静まれ、荒ぶるな。

言い聞かせても、言い聞かせても身体は震え続ける。

異様を感じたのか、橋を渡る職人風の男がちらりと藤士郎を見た後、急に足を速めて遠ざかっていった。

「許せるものか。このまま全てがなかったことになるのなら、血を流して死んだ者はどうなる。何のために命を捨てた」

「伊吹さまのことなら」

「父上ではない！」

言葉が熱を持つ。口の中が、舌の先が、焼け爛《ただ》れる気がする。

左京が静かに息を吐いた。

「そうだ。五馬だ。執政どもの争いごとに巻き込まれ、刺客に仕立て上げられた。そして……おれが斬ったのだ。いや、おぬしの言を借りれば、五馬はわざとおれに斬られた。おれは……おれは、五馬に誓ったのだ。生きて、天羽の変わる様を必ずこの眼に焼き付けると。その誓いを破れば、二度も五馬の命を踏み躙《にじ》ったことになる」

「ここは天下の往来です。斬った、斬られたと物騒《ぶっそう》な物言いはおやめください。通り人が気味悪がっておるではないですか」

左京の肩から蜻蛉が飛び立った。それを眼で追いながら、左京は欄干に手を置いた。

「許せないならどうするのです。藩邸の前で腹でも切りますか。殿の行列に斬り込みますか。それとも天羽に帰り、執政たちを皆殺しにしますか。それで、あなたの思い通り天羽は変わるとお考えなのですか、藤士郎さま」

「それは……」

「あなたが腹を切っても、誰かを斬り殺しても血は流れます。その血は何のために流れるのです。どっちみち、あなたは生きてはいられないでしょう。とすれば、あなたは何のために命を捨てるのです」

「大鳥どのですか」

答えられなかった。

熱が冷めていく。藤士郎は腕をだらりと下げた。微かに吐き気がする。熱が引いた身体が重かった。

「大鳥どのとて、人を斬り捨てた。刺客として下村平三郎《しもむらへいざぶろう》を斬った。しかも、闇の中で待ち伏せして、です。よもや忘れたわけではありますまい。大鳥どのもまた、命を踏み躙った一人のはずです。なのに、あなたはまるで大鳥どのだけは無垢《むく》で哀れな者のような言い方をする」

「違う。五馬は好きで人を殺《あや》めたわけじゃない。どうしようもなかったんだ。抗《あらが》うことができなかった」

「好き嫌いの話をしているわけではありません。わたしは、どうしようもなかったとは思いませぬ。刺客になるのが嫌なら、抗い通せばよかったのです。腹を切っても、喉《のど》を裂いても、自分の命を引き換えにしても人を殺す道を選ばねばよかったのです。しかし、大鳥どのはそれをしなかった。刺客として生きる道を自ら選び取った。違いますか」

左京は、欄干から離した手をひらりと振った。

「わたしも斬りました。大鳥どのよりずっとたくさんの者を斬り捨ててきた」

藤士郎は視線を上げ、左京の白い面《おもて》を見詰めた。何も読み取れない、能面にも似た顔だ。

「わたしが初めて人を斬ったのは、十二の年でした。能戸《のと》の牢《ろう》屋敷に送られてきた年老いた武士です。白髪で痩《や》せた方でした。身分も、罪状も、何一つ報《しら》されていなかった。名前さえもです。柘植の家は代々、牢屋敷の守り人を役目としてきました。わたしは祖父から、その仕事を引き継いだのです。つまり、送られてきた罪人の世話と始末をです」

始末という一言が生々しい。

能戸の牢屋敷から戻ってきた父の亡骸《なきがら》を思い出す。藤士郎が介錯した首はきれいに縫《ぬ》い合わされ、血糊《ちのり》は全て拭い去られていた。穏《おだ》やかとも見える死顔だった。

「生きておいでのようですね」

母の茂登子が吐息を漏らした。昨日のことのように、はっきりと思い出せる。ただ、始末の中身は亡骸を整えることだけではない。

「その老武士は腹は切りたくないと申しました。もっとも武士らしい死に方を拒《こば》んだのです。そして、薬を所望《しょもう》したいと申すのです。わたしは薬を調合し、水と一緒に差し出しました」

「おぬし、薬の調合までできるのか」

口にしてから、自分の間抜けさに舌を嚙み切りたくなった。左京は出逢《であ》ってから初めて、己の身の上を語ろうとしている。つまらぬ問いかけなど挟むべきではなかったのだ。

聞かねば。この耳でしっかりと聞き取らねば。

藤士郎は両足に力を込め、橋の上に立った。

「病を治す薬は無理ですが、毒薬なら何種かは作れます。それも習いましたので。ただ、そのときはしくじりました」

「しくじった？」

「はい、薬草の量を間違えたのです。本来なら服用して間もなく、心の臓が止まるはずでした。それが、老人はもがき苦しむだけで一向に死が訪れないのです。わたしは慌《あわ》てました。慌てふためくだけで何をどうすればいいのか見当もつかなかった。そのとき、老人が怒鳴《どな》ったのです。口から血の混じった涎《よだれ》を垂《た》らしながら、『早く楽にしろ。それがおまえの役目だろう』と。それで、目が覚めました。そうだ、これがおれの役目なのだと。わたしは躊躇《ためら》いなく、老人の首を斬り落としました。斬り落とすことができました。わたしの初めての人斬りです」

血の臭《にお》いを嗅《か》いだ。老人ではなく、父のものだ。父の首からほとばしった血は濃厚に臭い、今でも藤士郎に纏《まと》わりついてくる。

「それから後、どのくらいの人間を斬ったか、よく覚えていません。天羽の山でも斬りましたよ。あれは……何人いたでしょうか」

「追手か」

「ええ、半分は逃げました。残りの半分はもしかしたら今も、あの山の中で転がっているかもしれません。見捨てられ、放っておかれたままかもしれないのです。とっくに骨になってはいるでしょうが」

そこで顔を上げ、左京は少し笑んだ。

「あなたは殺さなかったのですね、藤士郎さま」

「おれは……」

二人の追手がほとんど同時に飛びかかってきた。しかし、道場でも町中でもない、山中だ。木々の枝が伸び、蔓《つる》が這《は》い、藪《やぶ》が広がっている。太刀《たち》を振り回せば、すぐに枝や幹にあたり、役に立たなくなる。枝に刃《やいば》を食い込ませ狼狽《ろうばい》する男の鳩尾《みぞおち》に柄《つか》の先を沈める。それだけで、男は声もなくくたくたと倒れた。もう一人の男は勝手に足を滑《すべ》らせ、谷底に転がった。途中、灌木《かんぼく》にひっかかってもがいているのを確かめ、藤士郎が振り向くと、さらに三人、追手が迫っていた。

逃げ切れる。

三人が喘《あえ》いでいるのを見定め、はっきりと感じた。

江戸へ。ともかく、江戸へ。

「書状が欲しいなら、力尽《ず》くで奪ってみろ」

大声で叫び、斜面を一気に駆け上《のぼ》った。足の調子などまったく気にならなかった。

確かに誰も殺さなかった。

しかし、それは左京がいたからだ。全てを背負ってくれる男がいたからこそ、殺すことからも殺されることからも免《まぬか》れた。

そう、免れただけにすぎないのだ。

藤士郎は唾《つば》を呑《の》み込む。

どこに傷を負ったわけでもないのに、血の味がした。

第五章　山の端《は》の月

天羽藩下屋敷の裏手には六間堀《ろっけんぼり》が流れる。

藩邸の下屋敷とすればさほど広いわけではないが、長屋暮らしに慣れた目には、城のように映った。

うっそうと茂《しげ》った木々が人の気配を吸い込むかのように、邸内は静まりかえっている。もっともそれは、塀の外にいるときの話だ。一旦、裏の通用門から中に入ると人の醸《かも》すざわめきが、ぶつかってくる。ここ下屋敷内には、藩主継興の愛妾《あいしょう》、末子《すえこ》の方と千人近くの藩士、奉公人たちが住まうと聞いた。

継興には他に側室はおらず、正室保子《やすこ》の方は上屋敷にいる。つまり、末子こそが下屋敷の女主《おんなあるじ》だった。公家《くげ》の姫である保子は生来蒲柳《ほりゅう》の質《しつ》で子は望めない。世継ぎ誕生のために末子の懐妊が待ち望まれていると、これも聞いた。左京からだ。

「その千人の内に、御藤先生も入っているのだな」

二ツ目橋の上、川風に吹かれながら左京に念を押す。

「おそらく」

と、短い答えが返ってきた。

「ただ、わたしも確かなことはわかりかねます。だから、あなたの出番なのですよ」

「おれに、下屋敷に忍び込めと言うのか」

「忍び込まずとも堂々とお入りになればよろしい。ただし、裏門からになりましょうが」

「つまり、讃岐屋の奉公人の振りをして薪炭《しんたん》を届けに行けばいいと、そういうわけか」

「振りではなくて、本物の奉公人になればよいのです。讃岐屋の主人から見込まれて、直《じか》に頼まれたわけですから、何の障《さわ》りもなく雇ってもらえるはずです」

「しかしなあ、讃岐屋の主人はおれを用心棒紛《まが》いに使うつもりだぞ。どう考えても、薪《まき》や炭を運んで下屋敷に出入りする立場ではない」

「そこを上手《うま》くやるのです。力が余ってしかたないから、荷運びを手伝うとか何とか申し出れば、よろしいでしょう」

「上手くなあ……。やれるかどうか心許《こころもと》ないな」

「されど、藩邸内に入り込まねば、御蔭どのの動向は摑《つか》めませぬぞ。御蔭どのと接することができれば、あの書状がどうなったか、藩主がこの先、天羽藩をどのように変えるつもりなのか、変えるつもりがないのか見極めもつきましょう」

左京は殿ではなく藩主と言い捨てた。今までの主君に対する丁重な物言いを忘れたかのようだ。そこに抗《あらが》いの気配が漂う。少なくとも、藤士郎はそれを嗅《か》ぎ取った。

「おぬし、殿に怨《うら》みでもあるのか」

左京が眉《まゆ》を顰《ひそ》め、唇の端を歪《ゆが》めた。藤士郎がとんでもない忌詞《いみことば》を口にしたかのような顔つきだ。しかし、一瞬だった。歪みを一瞬で搔《か》き消して、左京はまたいつもの無表情にもどった。

「わたしが怨み？　馬鹿馬鹿しい。怨むも何も一度として会ったことも言葉を交わしたこともないのです」

「だろうな。おれだってない」

藩主は雲上人《うんじょうびと》だ。大半の家臣にとって姿を見ることさえ叶《かな》わない。

「しかし、直に会わねば好意は生まれようがないかもしれんが、怨みは別に会わずとも芽生《めば》えたりするのではないか」

ふっと、血走った眼を思い出す。

　村上保津という浪人の眼だ。村上は本気だった。本気で甚八を斬り殺すつもりだった。あの眼の底に蠢《うごめ》いていたのは、怨念《おんねん》ではなかったか。甚八にではなく、己《おのれ》を取り巻く全てにむけられた怨念、あるいは……あるいは憎しみか。怨念と憎悪はよく似ている。そして、大概は裏と表にくっ付き合っている。世を怨み、人を憎む。そういう眼差《まなざ》しに取りつかれてしまった男はどこに流れていくのか。

くすっ。

左京が小さく笑った。

「藤士郎さまにしては、なかなかに粋《いき》なことをおっしゃる。江戸で随分と鍛《きた》えられたではありませぬか」

「ふん。おぬしの皮肉もますます磨《みが》きがかかったではないか。さぞや、お京とかいう深川芸者にあれこれ指南してもらってんだろうよ」

「まだ、そこに拘《こだわ》っておられるのか」

「別に拘ってなどいない。ちょっと、いや、かなり羨《うらや》ましいだけだ」

「素直なところは変わっていないようですね。安心しました」

「よく言うぜ。素直過ぎるとさんざんガキ扱いしていたのは誰だ」

左京は視線を竪川の川面《かわも》に移した。

「美鶴さまは、あなたの素直さ、屈託のない伸びやかさを愛《いと》しんでおいでです。あなたが変われば、あなたが己や他人を欺《あざむ》くことを覚えたりすれば、美鶴さまは悲しまれましょう」

「姉上を悲しませたくない。そう言うのだな」

左京は答えない。無言で流れを見ている。

川面には無数の光が煌《きら》めいていた。海鳥が一羽、光の上をすべるように飛び去っていく。白い翼もまた、光を弾《はじ》いて輝いた。

「では、やはり、二人で天羽に帰らねばならんな」

「え？」

「姉上を悲しませたくない、というか、喜ばせたいのだろう。それなら、二人揃《そろ》って無事な姿を見せてやらないとな。姉上が何よりお喜びになるのは、我々が生きているってことだ」

「わたしは別に、何も言うてはおりませんぞ」

「素直じゃないところは変わってないな。江戸の水でも、おぬしのへそ曲がりは直せないってことか」

「……あなたは、本当に口が達者になった」

左京が藤士郎の背中を軽く叩《たた》いた。

「では、その調子で頼みます」

「頼む？」

「讃岐屋に参りましょう。先ほどの本雇いの話を受けると告げねばなりません。急いだほうがいい。讃岐屋があなたに代わる者を雇い入れる見込みも大いにあるのです」

妙に明るい声だった。笑いを堪《こら》えているような弾《はず》みがある。この男にしては珍しい。

「しかし、断ったばかりの話を蒸し返すのも……うーん、なにかと気が引ける」

「気など引こうが押そうが、どうでもいいではありませんか。藤士郎さま、わかっておられるのですか。もう一度申しますが、下屋敷に潜り込む好機が転がり込んできたのですよ。よもや、無駄にするおつもりではありますまいな」

「……柘植」

「なんです」

「おぬし、楽しんでいるのではあるまいな」

「わたしが何を楽しむのです」

「だから、つまり、おれが、おたおたする様を見て楽しんでいるとしか思えないが」

ふふんと、左京は鼻で嗤《わら》った。

「馬鹿馬鹿しい。考え過ぎです。あなたが妙齢の女人《にょにん》ならいざしらず、ただの男子ではありませぬか。おたおたしようがうろうろしようが、見ていて楽しいはずがない」

「そうか、しかしなあ」

「さっ、つまらぬことに心を向ける暇《いとま》はありません。それより、讃岐屋です。いいですね、必ず本雇いの口を手に入れるのですよ。しつこいようですが、これは願ってもない機会なのです。逃《のが》せば二度と手に入らぬと心されよ。それに、金子《きんす》が手に入れば、天羽に書状を出すこともできます」

左京の言うことは一々もっともだ。悔しいが、頷《うなず》くしかなかった。

「わかった。やってみる。讃岐屋に雇ってくれと頭を下げればいいのだな」

「さようです。ついでに、わたしも売り込んでください。ご一緒いたしますので」

「は？　おぬしまで雇人になるつもりか」

「今の様子だと、あなた一人では頼りない。雇い入れられたとしても首尾よく下屋敷に潜り込めるかどうか、些《いささ》か心許ない気がします」

図星だった。万が一、下屋敷に入れたとして、御蔭八十雄の居場所を探り当て、隠密に接するなどという芸当が自分にできるとは、とうてい思えない。その能も手立ても持っていなかった。

「銀十匁《もんめ》をくれとは申しません。二人で十匁でいい。それで、腕の立つ用心棒を一人雇い入れられる。讃岐屋にとっても損な申し出ではないはず」

「おぬし、わりに調子がいいやつだな」

左京のすました顔を見ていると、何故《なぜ》か笑い出したくなった。

つくづく正体の摑めないやつだ、と思う。

幾《いく》つもの薄皮に包まれていて、一枚一枚剝《は》がしていくたびにまるで違った顔が現れる。そんな気がしてならない。

薄皮を剝いで剝いで剝いで、剝いでいけば、最後に残った芯《しん》はどんな形をしているのか。

興《きよう》をそそられる。

「よし、行くぞ」

自分を鼓舞するように声を出し、藤士郎は歩き出した。

「よろしゅうございますよ」

藤士郎の申し出を讃岐屋徳之助はあっさりと受け入れた。

「伊吹さまが、ご自分以上の腕とおっしゃるのなら、こちらのお侍さま……えっと」

「柘植左京と申す」

左京がゆるりと頭を下げた。

先刻通された讃岐屋の座敷だった。手代の太平ものっぺり顔のまま横に座っている。違うのは行灯《あんどん》が一つ、灯《とも》されていることだけだ。仄《ほの》暗い座敷の中で、行灯の炎が揺らめく。上等の油を使っているせいで、臭《にお》いもないし煙もほとんど出ない。炎そのものも、美しい橙色《だいだいいろ》をしていた。

「柘植さまにも、讃岐屋のために働いていただきましょう。ただし、そちらさまのおっしゃるとおり、お二人で銀十匁しかお支払いできませぬ。よろしいですな」

徳之助が念を押す。いかにも商人らしい口振りだった。

「柘植さま、讃岐屋の本雇いとなると一応、人別帳《にんべつちょう》を確かめさせていただくことになりますが」

太平が帳面を広げ、左京に顔を向けた。

「委細《いさい》、構わぬ。それがしは伊吹どのと同じく仔細《しさい》あって脱藩した身。ただ身元を引き受ける者はちゃんとおるゆえ、安心していただきたい」

「ほうほう、その身元引受人とはどなたで」

左京がその名を告げると、太平の眉が吊《つ》り上がった。

「梅丸屋《うめまるや》のお京って……、もしかして、あの売れっ子芸者の……」

「さよう、深川で芸者をしているとは聞いたが、その他は詳《くわ》しくは知らぬ。ただ、仕事を探す際の身元引受人にはなってくれると、常々約束ができておる」

「はあ、深川随一の売れっ子が身元引受人ねえ。柘植さま、ご無礼ながら、あなたさまはどういうお方なんです」

「だから、伊吹どのと同じく脱藩した身だ。むろん、藩には届け出の上でのこと。何の差し障りもない」

「もともとはどこのご藩士でいらしたので」

「それは伏せておきたい。それとも何か、脱藩した藩まで仔細に明かさぬと雇い入れできぬと言うわけか」

左京は心持ち顎《あご》を上げた。

太平が慌《あわ》てて、首を横に振る。

「いや、手前どもとしては、身元さえしっかりしておりますればよろしいのです。それと、確かな仕事をしてくだされば」

「むろん、銀五匁に相応《ふさわ》しい仕事は為《な》す。ご安心、めされ」

左京の態度は堂々としていて、緩《ゆる》みがない。こざっぱりとした身形《みなり》とあいまって、浪人の姿からはほど遠かった。頼りがいも十分に感じさせる。讃岐屋が一目で、左京を気に入った気配が確かに伝わってくる。だからだろう、前にも増して機嫌がいい。

上手いものだ。

つくづく感嘆してしまう。

媚《こ》びているわけでも、阿《おもね》っているわけでもない。ただ、相手の懐《ふところ》にするりと入り込み、信用させてしまう。決して人懐《ひとなつ》こい性質ではないのに、どうしてそういう離れ業《わざ》ができるのか。

人誑《ひとたら》しなのだ。

藤士郎はそう思う。

深川の芸者も海辺大工町の商人も、難無く誑し込んでしまう。それが柘植左京という男の芯だとは考えられない。左京ほど徹底して他者を拒《こば》む者を、藤士郎は知らない。

わたしはあなたとは違う。生きていくのに他人はいりません。一人で生きていけます。

左京ははっきりと告げた。

山越えの道の途中で、だった。早朝の霧が藺草《いぐさ》の上を流れていた。

生きていくのに他人はいらない男に、人は惹《ひ》かれるものなのか。

おれはどうだろう。

太平と話し込む左京の横顔を横目で見やる。

おれはこいつに惹かれているだろうか。

正直、兄と感じたことはない。

でも、惹かれる。

剣士として？　人として？

わからない。ただ、左京がこれまで見てきた光景は、藤士郎のまるで知らないものばかりだ。

左京が何を見てきたか知りたい。

藤士郎は胸の内でかぶりを振った。

誰であろうと大切なのは、これから何を見るかだ。

おれは、おれの眼で何を見るのか。

こぶしを握る。手のひらに汗が滲《にじ》んでいた。これまでではなくこれから先に心を馳《は》せるたびに、心身が火照《ほて》る。手のひらに汗が滲む。そして、眼裏《まなうら》に五馬の姿が浮かんだ。

翳《かげ》りのない笑みを浮かべ、慶吾のしゃべりに耳を傾けている。時折、声を出して笑い、口を挟み、相槌《あいづち》を打つ。

五馬はもう、あそこから先には進めない。何を見ることも、何を知ることもできない。

左京が身じろぎした。ただそれだけだったが背中が微《かす》かに強張《こわば》ったのがわかる。

どうした？

藤士郎は小さく息を呑《の》んだ。

徳之助が左京を見ている。値踏みするような眼つきだった。

商人として新しく雇い入れた者の力量を測っている。その眼ではなかった。それにしては尖《とが》り過ぎている。尖った刃先で、相手の内側を抉《えぐ》り出す。そんな剣呑《けんのん》さを潜《ひそ》ませていた。

覚えがある。

黒松長屋の前で草鞋《わらじ》を履《は》き替えていたとき、首筋に感じた視線、あの殺気に似た鋭さに似ている。あれは福太郎のものだった。

何がある？　徳之助にしろ福太郎にしろ何故《なにゆえ》、こんな眼つきをおれたちに向ける？　親切で面倒見のいい町人たち。店子《たなこ》のことをなにくれとなく気にかける善良な大家。雇人が気に入って機嫌のいい商家の主。

それだけではない。もっと別の裏の顔がある。その顔がおれを、柘植を探っている。

もしかしたら。藤士郎は指を握り込んだ。

福太郎が仕事の口を紹介してくれたのも、讃岐屋が破格の条件で雇い入れてくれたのも、自分たちを気に入ったからではなく、探るためだったのでは？

いや、でも、それはないか。

自分の問いかけを自分で否《いな》む。

江戸に出るまで見も知らなかった福太郎と徳之助が、藤士郎たちを探るどんなわけもない。

とすれば、ただの勘違いか。

「わかりました。では、早速、明日からお出《い》でいただきます。仕事の仔細につきましては、またゆっくりお話ししますので」

太平が帳面を閉じる。微かに墨《すみ》の香りがした。

「よしなにお願い申す」

左京は頭を下げ、小さく息を吐いた。徳之助は茶をすすり、こちらも満足げにため息をつく。それを待っていたかのように、廊下で慌ただしい足音がした。

「旦那さま、手代《てだい》さん。たいへんです」

丁稚《でっち》姿の小僧が息を乱して、座敷に飛び込んできた。

「吉松《よしまつ》、どうした。店で何かあったのか」

太平が腰を浮かせる。

「へ、へえ。ご浪人衆が旦那さまに話があると」

「押しかけ、か」

「へえ。今、番頭さんが相手をしていますが、店先で大声を出したり、看板を蹴《け》っ飛《と》ばしたりして、みんな怖がってます」

吉松の顔にも血の気がなかった。

徳之助が湯呑《ゆのみ》を置いた。

「伊吹さま、柘植さま。明日と言わず今日からお仕事、お願いいたしましてもよろしいですな」

「むろんだ。では、手っ取り早く済ますとしよう」

左京が立ち上がる。

「今日は、わたしだけで十分。藤士郎さまは休んでおられては」

藤士郎の耳元に囁《ささや》く。

「馬鹿を言え。おれの仕事でもある。働くべきときには働くさ」

「けれど、丸腰ですぞ」

「え？　あ、そうだった。荷運びに大小は邪魔になると言われて、置いてきたのだ」

「刀をあっさり置いてきた……。まったく、武士の風上に置けぬ振る舞いですね」

「まったくな。けれど大小を佩《は》いていないと腰が軽くて、動き易《やす》い」

「なるほど。あなたらしいご意見だ」

左京が背を向ける。廊下を足音も立てず、歩いていく。

藤士郎も跡を追った。

讃岐屋の店先は不穏な気配が溢《あふ》れていた。怒声と男たちの体臭と物音が満ちている。

「いかがされましたかな」

徳之助の落ち着いた声音《こわね》に、一瞬だが騒ぎが収まる。

「旦那さま」

黒羽織の番頭が首を振る。

「このお武家さまたちが、無茶を言われまして」

「無茶とは何事か」

髭面《ひげづら》の大男が怒鳴《どな》った。月代《さかやき》は伸び、無精髭《ぶしょうひげ》が鼻から下を覆《おお》っている。垢《あか》じみた小袖《こそで》にほつれた袴《はかま》。後ろに控えている四人の男たちも髭の有り無しが違うだけで、みな大差ない浪人姿だ。

「きさま、無礼にもほどがあるぞ」

「し、しかし、口入屋《くちいれや》も通さず雇い入れろと申されましても、それでは筋《すじ》が通りません。それに、今、店に入用《いりよう》なのは荷運びの人夫《にんぷ》でございまして、そっちは十分に手は足りております」

「手が足りておるから、我らを雇えぬと言うか。武士がこうして頭を下げておるというのに、町人の分際でそれを足蹴にするとは、許さん、許さんぞ」

髭面の男が柄《つか》に手を掛ける。番頭が悲鳴を上げた。

「まあまあ、森野《もりの》、そう憤《いきどお》るな」

肩幅のある長身の男が髭面の肩に手を置いた。

「急に押しかけたわれらにも非はある。ここは、おとなしく引き上げようではないか。讃岐屋どのに迷惑をかけるのは、我らの本意ではないからな」

「しかし、こやつ、馬鹿にしおって。ぶった斬ってやらねば腹の虫が収まらぬ」

「まあまあ、ここは堪忍《かんにん》しておけ。ということでお騒がせしたが、我々は引き上げることにする。安心してくれ」

男は震えている番頭に笑みを向けた。

「しかし、ここまできて手ぶらで帰るわけにもいかん。腹も空《す》いたし、喉《のど》も渇《かわ》く。帰るによって、手土産《てみやげ》の一つも所望したいがいかがかな」

「おい、近藤《こんどう》。手土産などいらぬぞ。おれはこの番頭を斬って後《のち》、ここで腹を切る。おぬし、介錯《かいしやく》してくれ」

「物騒《ぶつそう》な真似《まね》はするな」

「うるさい。おれは本気だぞ。本気でやってやる」

髭面が吼《ほ》える。

「とんでもない猿芝居だな」

「まったくです。役者も揃って大根ばかりだ」

男の視線が初めて、藤士郎と左京に向けられた。

「何だと。今、そこもとたち何を申された」

「猿芝居だと言ったんだ」

藤士郎の後に左京が続ける。

「大根役者とも申した。そんな芝居じゃ木戸銭《きどせん》は稼げまいな。まだ、真っ向から『引き上げてやるから、金を出せ』と脅《おど》した方がわかり易い」

「我らを強請集り《ゆすりたか》だと愚弄《ぐろう》するか」

髭面がさらに吼えた。髭の先が唾《つば》で濡《ぬ》れている。

「明らかに強請集りだろう。三つの子でもわかる。違うというのなら、己の言葉通りここで腹を切るか」

左京が素早く袖を括《くく》った。

「ならば、介錯させていただくが」

「なにを若造が、きさま如《ごと》きに」

風音がした。煌めいた白刃《はくじん》が一瞬で鞘《さや》に戻る。髭面は目を見開いたまま数歩、後ろによろめいた。腹の上で着物が一文字に裂け、肌が覗《のぞ》いている。肌にはうっすらと血が滲み、一筋の紅色の糸がへばりついているとも見えた。

「あ、あ……」

髭面がくぐもった声を出し、腹を押さえる。

「次は本当に腹を割るぞ。それとも、首を落とすか」

「やめろ、やめてくれ」

髭面は身をひるがえすと、脱兎《だっと》の如く讃岐屋を出て行った。他の男たちも我先に逃げ出す。

「このままで済むと思うな。いつか、思い知らせてやる」

長身の男だけが捨て台詞《ぜりふ》を残して去っていった。

藤士郎はその男よりも、店の外に一人、立っている浪人に気が向いていた。村上保津。あの侍だ。腕を組み、冷ややかな眼差しで見詰《みつ》めていた。

「柘植」

「ええ、外の男ですね。なかなかの遣《つか》い手のようだ」

「居合を遣う。相当の手練《てだれ》だ」

「なるほど。居合か」

「おぬしの太刀《たち》筋《すじ》を見ただろうか」

「どうでしょう。そこまでの剣士でしょうか」

「おれは、少しだが追えたぞ」

左京が藤士郎をまともに覗き込んできた。

「おぬしの剣を初めて目にしたときは、まるでついていけなかった。しかし、今は、少し追い掛けられた」

左京が肩を竦《すく》め袖を解《ほど》く。村上はいつの間にか姿を消していた。

「いやあ、お見事でございました」

徳之助が満面の笑みを浮かべ、左京の手を取った。

「実はあの浪人たち、月に一、二度はああやって銭《ぜに》をせびりにくるのです。お役人に訴え出ても、浪人といえども武士は武士であるから町方には手出しができないの一点張りで。我らもほとほと困り果てておりました。しかし、柘植さまのおかげでもう安心です。これで、二度と来ることはないでしょう。いやあ、ありがたい。銀五匁など安い安い。お一人、十匁にさせていただきますよ」

「それはかたじけない。恩に着る。が、讃岐屋どの、安心するのはちと早過ぎる気がいたす」

徳之助の笑顔が萎《しぼ》んでいく。左京の手を放し、顔を曇らせる。

「と、言いますと」

「ああいう連中は執念深い。次の手を打ってくるかもしれん」

「次の手と申しますのは？」

「そうさな、例えば……この讃岐屋を窮地《きゅうち》に追い込むような狼藉《ろうぜき》を働くかもしれん。そのためには、どんな手を使うか……。ああ、荷だ。荷を狙《ねら》うかもしれんな」

「荷？　とすれば、薪炭を運んでいるところを」

「そう、徒党を組んで襲い掛かり荷を奪う」

「まさか、そんな乱暴な真似を」

「しないとは言い切れぬぞ。やつらの眼を見たか。血走っていただろう。飢《う》えた狼《おおかみ》と大差ない眼つきだ、何をしでかしても不思議ではない。そう思われぬか、伊吹どの」

「え？　あ、そ、そうだな。どこぞに荷を運んでいる最中に襲い、荷を全部奪う。確かに、考えられる」

「そんな。荷が届かなければ、店の信用にかかわります。第一、怖がって、荷を運ぶ者がいなくなる。うちはお大名家にも薪炭をおろしておりますし、高名な料亭や商家もお得意さまです。きっちり荷を届けてこそ商《あきな》いが回っておるのです」

「さもありなん。では、荷を届ける際には我らも同行しよう」

「お二人がでございますか」

「そうだ。荷を守るためにはそれが一番よいと思うが」

藤士郎は口を半ば開いて、左京を凝視《ぎようし》していた。

この案が通れば、荷の守り役として藤士郎も左京も天羽藩下屋敷に出入りできる、その見込みはかなり高くなるのだ。

何て策士だ。

感心よりも啞然《あぜん》としてしまう。

「わかりました。では、そのようにお願いいたしましょう。荷は商人の命でございます。しっかり守っていただきますよ」

徳之助がはっきりと言い切った。

藤士郎はまだ、口を閉じられない。その顔つきのまま、讃岐屋の主人と腹違いの兄を交互に見やった。

第六章　青い風

夏のただ中、藺草《いぐさ》の刈り取りは最も盛《さか》んとなる。

闇の中で、薄《うっす》らと明るんできた大地の上で、青紫の日暮れ空の下で、三、四尺まで伸びた草を刈っていく。篝火《かがりび》が焚《た》かれ、鎌の刃先が炎の色に染まる。藺草を刈り、束《たば》ね、運ぶ農民たちの顔も臙脂色《えんじいろ》だった。刈り取りの様子を初めて目にしたとき、この世の物ではないような妖《あや》しさを感じた。いや、この世の物だ。妖しさとは無縁の現《うつつ》の光景だ。人々は必死に生き、必死に働いている。

酷暑の時季が過ぎ、秋が日に日に深くなる今、あの夏の賑《にぎ》わいはもうない。藺草田はひっそりと静まっている。しかし、冬が来れば今度は植え付けが始まるのだ。酷寒に植え、酷暑に刈り取る。藺草とは何と手間のかかる草だろうかと思う。

美鶴は密《ひそ》やかに吐息を漏《も》らした。

伊吹の娘であったときも、今泉の嫁であったときも、何も考えず畳表を踏んでいた。その無頓着《むとんちゃく》さが今は恥ずかしい。

「姉上、わたしは本当に世間を知らずにいたのですね」

いつだったか、藤士郎が呟《つぶや》いた。

確か、夜だったか、夜だったように思う。囲炉裏《いろり》で柴《しば》を燃やしていたようにも思う。煙が染《し》みたのか目を瞬《しばたた》かせながらの呟きだった。どう答えたか、はっきり思い出せない。燻《くすぶ》る柴に手を焼いて、返答が疎《おろそ》かになっていたのだ。囲炉裏の速やかな火の付け方も知らなかった。

「世間知らずはわたしも同じだったわね、藤士郎」

江戸にいるはずの弟に語りかける。

「でも、前よりは少しだけ物知りになりましたよ。知らなくてはいけないと考えるようになったの。それに」

囲炉裏に柴をくべる。

「ほら、囲炉裏だって竈《かまど》だって、上手に火を付けられるの。今日はね、あなたの好きな茸汁《きのこじる》を拵《こしら》えていますよ」

自在鉤《かぎ》にかけた鍋《なべ》の蓋《ふた》を取る。立ち上《のぼ》る湯気の向こうに、藤士郎の笑顔が見えた。

生々しく見えた。

「藤士郎」

思わず腰を浮かしていた。

湯気が薄れる。

誰もいなかった。

いるわけがない。藤士郎は旅立ったのだ。今頃は、江戸のどこかで暮らしているはずだ。

元気でいるだろうか。

風邪などひいていないだろうか。

ちゃんと食べているだろうか。

考えても詮無《せんな》いとわかっているのに、どうしても考えてしまう。考え、心内で語りかける。

藤士郎、左京には逢《あ》えましたか。もしかして、二人で暮らしているのでしょうか。左京が付いているなら安心……などと言ったら、あなたは怒るでしょうね。でも本心です。左京ならきっと、あなたを支え、助けてくれるもの。ああ、そうそう、わたしはね、今、村の子どもたちに読み書きを教えているの。母上さまはね、お針とお花のご教授をなさっているわ。驚いた？　母上さま、まことにお元気なの。今も、子どもたちと出かけているのよ。吉兵衛どののところに菊の花をもらいに、ね。

茂登子の後ろ姿が浮かぶ。

子どもたちに手を引かれ、弾《はず》むような足取りで坂を下っていった。伊吹の家で裾《すそ》を引いて歩いていたときは決して見せなかった歩き方だ。いつの間にか茂登子は、村の女たちと同じ短い丈《たけ》の小袖《こそで》を身につけるようになっていた。むろん、美鶴もだ。裾を長く引きずっていては軽やかに動けない。ここでは優美よりきびきび動けることが、肝要なのだ。

城下にいたころとはあまりに違う日々。でも、母は楽し気だった。村の女の子たちに針や花を教えるようになって、笑うことが多くなった。前のようにぼんやりと思いに沈むことも、ちぐはぐな物言いをすることも、虚《うつ》ろな視線を彷徨《さまよ》わせることもなくなった。伊吹の屋敷にいたころより若やいで見えることさえあった。眸《ひとみ》の奥に柔らかな、生き生きとした灯《あかり》が灯《とも》ったように美鶴は感じる。

安堵《あんど》する。嬉《うれ》しい。

でも、不安だ。茂登子が大人の分別を完全に取り戻し、問うてきたら何としよう。

「藤士郎は本当に、御藤先生のお供で出府《しゅっぷ》しているのですか」

「いつ帰ってくるのです」

「文《ふみ》は届かないのですか」

「どこに身を寄せているの。藩邸ですか。文を認《したた》めたいのだけれど」

「美鶴……、あの子は生きているのでしょうね」

何と答えたらいいのか。何と答えられるのか。

炎が鍋の底を舐《な》める。

生きていますよね、藤士郎。まさか、わたしと母上さまを置いて、父上さまの許《もと》に行ってなどいないわよね。

許しませんよ。

柴を折る。ばきばきと乾いた音がした。

「あっ」

指先に鋭い痛みが走った。柴の先が刺さったのだ。血が細い筋になって、指を伝う。

口に含む。血はすぐに止まったけれど、微《かす》かな傷痕ができた。

この姉より、母上さまより先に逝《い》くなど、許しはしません。あなたも左京もここに帰ってこなければならないのです。

炎が揺れた。

風が入ってくる。
美鶴は顔を上げた。
重たげな音を立てて、引き戸が開いていく。
光と風が土間に流れ込む。
美鶴は悲鳴を上げそうになった。
黒い影が一つ、戸口に立っていたのだ。若い武士の影だった。
藤士郎!
手から柴が零《こぼ》れ落ちる。
藤士郎、やっと帰ってきたのね。待ちわびておりました。やっと、やっと帰って
……。
「美鶴さま、ご無沙汰《ぶさた》しております」
伸びやかな男の声が耳朶《じだ》に触れた。
聞き覚えがある。しかし、藤士郎のものではない。
「まあ、慶吾どの」
風見慶吾が一礼する。
違った、藤士郎ではなかった。

膝《ひざ》からくずおれそうになる。

美鶴は草履《ぞうり》を履《は》くふりをして、顔を伏せた。一瞬でも、気落ちした顔を慶吾に見せてはいけない。おとない人に落胆するなんて、あまりに非礼だ。

「慶吾どの、本当にお久しぶりです。お元気でしたか」

やや間を置いて、慶吾は曖昧《あいまい》に頷《うなず》いた。

頰《ほお》がこけている。そのせいで鼻梁《びりょう》がやけに高く見えた。以前にはなかった陰影を慶吾は面《おもて》に刻《きざ》んでいる。

胸が痛んだ。


「慶吾が……部屋に閉じこもったまま、一歩も外に出ようとしないのです。ろくに食べもしないで、ずっとこもっていて……。美鶴さま、いったいどうすればよろしいでしょう」

慶吾の母、幾世《いくよ》が泣きながら訴えたのは藤士郎が江戸に発《た》って間もなくのころだ。

藤士郎、五馬、慶吾。三人は道場仲間であり、かけがえのない友であった。三人がどれほど信頼し合っていたか、大切に思い合ってきたか、傍《そば》にいても伝わってきた。弟が友に恵まれたことを美鶴は心底《しんてい》から喜んでいたのだ。

「五馬どのが亡くなられ、藤士郎さまも江戸へ……。慶吾一人が残りました。いかほど淋しいか、辛いか……。その心持ちは十分に察せられます。でも、でも、このままでは……」

幾世が袖で顔を覆《おお》う。嗚咽《おえつ》が漏れた。

大鳥五馬は死んだ。路上で何者かに襲われ、斬殺されたとか。信じ難い話だ。五馬は道場でも一、二を争う剣士だと藤士郎から幾度も聞いていた。

「五馬は天賦《てんぷ》の剣才の持ち主です。正直、どう励んでも追いつける気がしません」

「まあ、情けないことを。好敵手がすぐ近くにいるのでしょう。いつか追いつき、追い越してやるぐらいの気概をお持ちなさい」

「ふん。姉上は五馬と竹刀《しない》を合わせたことがないから、適当なことが言えるんだ。竹刀を構えると、五馬が大きな壁のように感じるんです。どう打ち込んでも、ことごとく撥《は》ね返される気がして、いや、実際、撥ね返されてしまうのだけど」

「へえ、五馬どのって、そんなにすごいお方なの。普段のご様子だと、とてもそんな風には見えないけれど」

「すごいですよ。優し気な外面《そとづら》に騙《だま》されてはなりません」

「わたしは騙されてなんかいませんよ」

「そうかな。姉上は、けっこう見栄《みば》えに騙され易《やす》い性質《たち》でしょう」

「まあ、無礼な。あなたこそ、ちょっと見目《みめ》麗《うるわ》しい女人《にょにん》にはすぐに心を許してしまうくせに」

姉弟で言い合った。くすくすと軽く笑ってお仕舞いになったけれど、あのとき、藤士郎の眼の中には友への畏敬《いけい》と僅《わず》かな羨望《せんぼう》が瞬《またた》いていた。美鶴の勘違いではないはずだ。

それほどの剣士を誰が討ったのか。行きずりの狼藉《ろうぜき》ではないだろう。しかも、五馬は十五だった。元服もまだ済ませておらず、むろん、出仕もしていない。剣の腕はあるが、ただの少年だ。暗殺されるどんなわけも、美鶴には思いつかなかった。

ただ、不安におののくときはある。

五馬の死に弟が深く関わっているのではないか。おぞましいほどの思いに囚《とら》われるたびに、美鶴は身体を震わせてしまう。

「姉上……、五馬が亡くなりました」

江戸へ発つ前夜、藤士郎から告げられた一言に美鶴は棒立ちになった。ちょうど器を片付けていたときで、木椀《もくわん》が手から滑《すべ》り落ちたのを覚えている。瀬戸物であったら、砕《くだ》け散っていただろう。その木椀を拾い上げ、藤士郎はもう一度、「五馬、亡くなったのです」と低く呟いたのだ。

その口調と眼差《まなざ》しの暗さに、何も言えなくなった。「そんな……、そんなことが……」と繰り返すのがやっとだった。

五馬の死に様を伝えてくれたのは、藤士郎が旅立った翌日、城下に所用で出かけていた下男の佐平だった。砂川村に移ってからも、陰日向《かげひなた》なく働き、美鶴と茂登子の暮らしを支えてくれる老僕は、唾《つば》を呑《の》み込みながら告げたのだ。

「大鳥さまは何者かに斬り殺されたのだそうです。もう、葬儀も終わっておりました」

「そう……」

美鶴は頷き、目を閉じた。

五馬どの。

少年のはにかんだ笑顔や生真面目な物言い、柔らかな笑声《しょうせい》までもがどっと思い起こされ、胸が苦しくなる。そして、想いは藤士郎へと流れていく。

あの夜の暗さ、藤士郎の双眸《そうぼう》の暗みは濃く、厚く、底知れなかった。あの眸に宿していたのは、友を失った悲しみだけなのか。もっと別の何かが、今まで弟に感じたことのない気配が蠢《うごめ》いてはいなかったか。

わからない。この世には
問い質《ただ》すわけにも、さり気なく尋ねるわけにもいかない。この世には決して口にし決して口にしてはならない問い掛けがある。それくらいは、解していた。

慶吾がろくに食べも飲みもせず部屋に閉じこもり続けていると、幾世が泣きながら訴えてきたとき、軽い目眩《めまい》を覚えた。

慶吾どのも知っているのだ。

五馬どのの死の真相を知っている。その重さに喘《あえ》いで、動けずにいる。潰《つぶ》れそうな己《おのれ》と必死で戦っている。

「美鶴さま、どうしたらよろしいでしょう。このまま放っておいたら、あの子は……慶吾は死んでしまうのではないかと……、わたしは、もう心が乱れて、乱れて……」

幾世の豊かな頰を涙の雫《しずく》が流れ落ちる。

「待つことです」

静かな声がした。

「母上さま」

「茂登子さま」

茂登子が幾世の前に膝をつく。

「幾世どの、わたしも人の母、お気持ちはようわかります」

幾世の手を取り、その上に自分の手を重ねる。

「でも、堪《こら》えてお待ちなさいませ」

「茂登子さま。でも……」

「慶吾どのは強いお子です。きっと、己の足で立ち上がられましょう。そのときまで、待つのです。幾世どの、子を信じて待つ、それしかできないときが親にはあるのですよ」

茂登子の声はいつもより低かったけれど、聞き取りにくくはなかった。一言一言が肌から染みてくるようだった。

「茂登子さま、わたしは……ひっく」

幾世が不意に吃逆《しゃっくり》の音をたてる。

「あらま、い、嫌ですわ。ひっく、こんなときに、吃逆だなんて、ひっく、まあ、どうしましょう。はしたない。ひっく、ひっく」

慌《あわ》てて口を押さえる幾世の仕草がおかしくて、美鶴も袂《たもと》で口元を覆った。そのまま俯《うつむ》く。

「まあ、美鶴さま、お笑いに……ひっく、ならないでくださいな。ひっく、ひっく、まあ、ほんとにどうしましょう。止まらないわ。ひっく、ひっく、もう本当に、わたしったら」

あはははは。

幾世が顔を上げ、豪快に笑った。

「もう、我ながらおかしゅうございます。あははははは、おかしい。おかしくて、おかしくて……、あら？　笑ったら吃逆が止まりましたわ」

「まあ、幾世どのらしい吃逆の止め方ですねえ。お見事だわ。誰にも真似《まね》ができませぬよ」

茂登子が真顔で言う。

我慢できなかった。美鶴は噴《ふ》き出し、背中が波打つほど笑った。

「まあ、そんなにお笑いにならなくても。今度、美鶴さまが吃逆なさったときは遠慮なく笑わせていただきますからね」

幾世が指先で涙を拭《ぬぐ》った。

「でも、思いっきり泣いて、笑って、心の内を聞いていただいて、何だかすっきりいたしました。性根《しょうね》を据《す》えて、倅《せがれ》を見守ることができるような気がいたします」

「それでこそ、幾世どのです」

茂登子が微笑《ほほえ》んだ。その笑みがすっと消える。

「ねえ幾世どの」

「はい」

「きちどのは、どうされておられるでしょう」

五馬の母の名を口にして、茂登子は目を伏せた。幾世の表情が強張《こわば》る。頰から血の気が引いた。

「……そうですね。きちどのは、お子を亡くされて……。わたしは己の憂慮にかまけて、きちどののことを放念しておりました。わたしなどより、ずっとずっと辛いはずですのに……。茂登子さま、きちどののために何かできることがございましょうか」

茂登子がゆっくりとかぶりを振る。

「今は何もないと思います」

「では、いつかはお力になれるでしょうか」

「それもわかりません。でも、きちどのが生き延びてくだされば、この惨《むご》い定めを凌《しの》いでくだされば、わたしたちにもできることが見えてくるかもしれませんねえ」

「どうして、こんなことに……」

幾世が息を吐き出す。

「こんなことになったのでしょう」

本当にそうだ。

どうしてなのだろう。この非情、この残虐《ざんぎゃく》、この理不尽はなんなのだ。どうして、どうして……。美鶴は胸に手をやった。

全ては父、伊吹斗十郎の死から始まったのではないか。父の死の後、日々の歯車が大きく軋《きし》み始めた。そうではないのか。

藤士郎、どうなのですか。

弟に問うてみる。

全てとは言わない。けれど、美鶴には闇でしかない真相の一端を藤士郎は摑《つか》んでいる。慶吾よりさらに深く、摑んでいる。摑んだうえで黙したまま、旅立った。

男はいつもそうだ。

何もかもを背に括《くく》り付け、口を閉ざし、一人で引き受けようとする。だからといって、女が背負った荷が軽くなるわけではない。ただ見守るしかない苦しみも、待つしかできない悲しみも、取り残される辛さも減じはしないのだ。

「もう、元には戻れないのですね」

幾世が再び、ため息をついた。汗ばむような陽気であったのに、美鶴は微かな寒気を覚えた。

「慶吾どの、よく来てくださいましたねえ。嬉しゅうございますよ。さ、お上がりください」

通り一遍の挨拶《あいさつ》でも嘘《うそ》でもなかった。

本当に嬉しい。

慶吾が目の前にいることが、幻ではなく現《うつつ》の者として立っていることがたまらなく嬉しい。

「お上がりになって。今、お茶をお淹《い》れしますから」

「美鶴さま……」

慶吾の身体がよろめいた。戸に当たり、派手な音をたてる。

「慶吾どの」

とっさに差し伸べた美鶴の手の先で、慶吾がくたくたとしゃがみ込む。額《ひたい》に汗が滲《にじ》み、肩で息をしていた。

「慶吾さん、あなた、どこかお悪いの」

つい、昔通りの呼び方をしてしまった。

「いえ、ちょっと……目眩がしただけで……」

「目眩だなんて尋常ではないわ。大丈夫ですか。囲炉裏の傍で少し、お休みなさい」

「いえ……、長い間、閉じこもっていたのに……、急に山道を走ったりしたものですから……、か、身体がついていけなくて……息が切れて……面目《めんぼく》ありません」

「まあ、そんな無茶をなさったの。いけませんよ。どうして、あなたたちはそうも考え無しで動くのです」

あはっと、慶吾が笑った。懐《なつ》かしいや。ついでに、どうか昔のように呼んでください。美鶴さまのお小言だ。

「美鶴さまに〝どの〟なんて呼ばれると、居心地が悪くて」

「慶吾さん、わたしは本気で」

口元がひきつった。慶吾が胸元から紙包みを取り出したのだ。書状だと一目で、わかった。

「……藤士郎からの文……です。今朝、届きました」

受け取り、開いていく。落ち着いているつもりだったのに、指先が震えていた。

文が届いた。

やはり、やはり、あの子は生きていてくれた。

やたら撥《は》ねの目立つ運筆は、間違いなく藤士郎のものだ。「よく言えば闊達《かったつ》だけれど、悪く言えばまるでまとまりのない読み難《にく》い筆ねえ」とからかったりした。まだ娘のころだ。

「いいですよ。姉上なんかに文など一生書いてあげないから。頼まれたって書いてあげませんからね」

藤士郎は機嫌を損ね、そんな憎まれ口を利《き》いた。

でも、書いてくれたのね、藤士郎。

弟の癖字《くせじ》がぼやける。

美鶴は涙を拭《ふ》き、一文字一文字をしっかりと目で追った。

「あの……藤士郎は何と？」

我慢できなかったのか、慶吾が身を乗り出してきた。

「あ、ごめんなさい。でも、慶吾さんには文がなかったのですか。そんなはずありませんよね」

「ええ、ちゃんと届いています」

「でしょうね。慶吾さんに書かないわけがありませんもの」

「達者にて候《そうろう》。ご安心めされ。それだけです」

「え？　それだけ」

「いや、食い過ぎて腹をこわしてないかとも書いてありました。おまえも達者でいろよ、と。本当に、それっきりです」

「まあ」

「ひどくありませんか？　わたしだって、藤士郎の便りを待ち望んでいたのです。それなのに、『腹をこわすな。達者でいろよ』ですからね。まったく、ひどすぎる。あいつ、何考えてんだ」

「あの子は、慶吾さんには元気でいてほしいのです」

生きて、達者でいてくれ、慶吾。

藤士郎の本心が伝わってくる。

「……わかっています」

慶吾が唇を尖《とが》らせた。

「よく、わかっております。でも、たった三行でお仕舞いだなんて、やはりひどいです。うちの母親だって、もう少しましな文を書きます」

「こちらに詳《くわ》しく書いてあるから、要《い》らないと思ったのでしょう」

「そうだ、美鶴さま、そちらには何と」

「江戸の薪炭屋《しんたん》で働き始めたそうです」

「薪炭？　炭や薪《まき》を扱う、あの薪炭屋ですか？」

「ええ。用心棒みたいなことを頼まれたのですって」

住んでいる長屋のこと、長屋の人々のこと、江戸の商家のこと、夜鷹蕎麦《よたかそば》屋のこと。事細かく書かれていた。そして、左京のことも。

無事、落ち合えたのですね。

身体が緩《ゆる》むような安堵を覚えた。

「母上さま、母上さま、藤士郎から文が」

茂登子を呼んでから、そうだ、今、いないのだと気が付いた。

帰ってきたら、どれほどお喜びになるかしら。ああでも、この文を見せたら、わたしの嘘がわかってしまう。

一瞬、躊躇《ためら》った。

構うものか。

すぐに、思い直す。

もう誤魔化《ごまか》すのはやめよう。優しい嘘をつかねばならないときも、ある。けれど、その優しさが刃《やいば》となって相手を傷つけることもあるのだ。今の茂登子なら現《うつつ》を受け止め、前を向ける。一緒に藤士郎と左京を待てるはずだ。

「おれも江戸に出ようかな」

慶吾が呟く。

「藤士郎も五馬もいない天羽なんて、つまらない。五馬のところには……行けないけれど、江戸なら何とかなるような気が……」

慶吾は長息し、膝の上でこぶしを握った。

「焦《あせ》らないで、慶吾さん」

相手の眼を覗《のぞ》き込む。奥底に疲れを潜《ひそ》ませた男の眼だった。

「焦ってはなりません。焦れば、搦《から》め捕られます」

「搦め捕られる？　誰にです」

「わかりません。でも、焦れば足元が疎かになります。心が急《せ》いて、しっかり地を踏み締められなくなるでしょう」

「はあ……」

「そういうときを狙《ねら》って、あなたを剣呑《けんのん》で誤った道に誘う者が現れたりするのです」

「あの、それって、よからぬやつらに賭博《とばく》や女遊びに誘われて身を持ち崩すと、そういう意味でしょうか」

「それもあります。でも、もっと危ういことになりかねません」

慶吾が首を傾《かし》げる。戸惑《とまど》っているのだ。戸惑いながらも懸命に美鶴の言葉を摑もうとしている。そうすると、ふっと若い表情が浮かび上がってきた。諦《あきら》めとも変節とも無縁の若さだ。

「あの、美鶴さま、わたしにもわかるよう、もう少し嚙《か》み砕いてお話し願えませぬか。正直、よくわからなくて」

「ええ、それがわたしも、わかってないのです。お説教じみたことを言ってしまいました。はしたない真似をして、申し訳ありません」

「そんな、説教だとは思うてもおりません。むしろ、まことに大切な話だと感じております」

美鶴は目を伏せた。

慶吾の真《ま》っ直《す》ぐな眼差しが眩《まぶ》しい。それに比べ、随分と小賢《こざか》しい物言いをしてしまった。汗が滲むほど恥ずかしい。

ただ、学んだのだ。

人はいつも地に足をつけて生きねばならない、と。砂川村で学んだ。そして、思いもした。

父上さまの足は地から浮いていたのではないかしら。

拠《よ》り所《どころ》も証《あかし》もない。ただ、思っただけだ。

慶吾も、藤士郎も、左京も両足を踏み締め、地に立っていてほしい。流されず、巻き込まれず、搦め捕られず、生涯を全《まっと》うしてほしい。

望んでいる。

「あ」

慶吾が鼻をひくつかせた。

「江戸の匂《にお》いがするみたいだ」

「匂いが？　この文からですか？」

鼻を近づけてみたが、微かな墨《すみ》の香りの他は何も匂わない。

「ええ、甘くてちょっと土の香りが混じっています」

「まあ、それは茸汁の匂いでしょう」

「え？　そうなのですか」

「そうですよ。天羽の茸の匂いです。少し、召しあがる？」

ぐきゅるるるる。返事より先に、慶吾の腹が鳴った。

「まっ、慶吾さんたら」

「め、面目ない。どうしてか急に腹が減って……。今まで、まるで食思《しょくし》が起こらなかったのに」

「食べましょう。ただの茸汁ですけれど、とびっきり美味《おい》しいですよ。江戸では味わえませんからね」

「藤士郎が羨《うらや》ましがりますすね」

「ええ、あの子の好物ですから」

慶吾が笑う。

爽《さわ》やかな薫風《くんぷう》に似た笑みだった。

六間堀の水音に荷車の音が交《ま》ざる。

妙に調和がとれていて、耳に心地よい。

「意外に早く、機会が訪れたな」

横を歩く左京に囁《ささや》く。

「機会かどうかわかりません。あまり、浮かれないように」

前を向いたまま左京が答える。

「浮かれてなどおらん」

「そうですか。いつにも増して落ち着きがないように見受けられますが」

「それは……浮かれているのではなく、気が張っているからだ」

本音だった。

藤士郎も左京も荷車の傍《かたわ》らにぴたりと張り付いている。荷の警護が仕事だから当たり前なのだが、警護の仕事もさることながら、天羽藩下屋敷にいよいよ足を踏み入れるかと思えば、気持ちが張り詰《つ》めてくる。息が苦しいほどだ。

「どちらにしても落ち着いていただきたい」

左京がしらっと冷めた声で告げる。

「今回一度で屋敷内の様子が摑めるわけはありません。何度も出入りして、探るきっかけを作る。わかっていますね」

「言われるまでもない」

「ならば、何度も出入りできるようにせねばならぬわけです。振る舞いにはくれぐれも気を配ってください」

「わかっている」

と答えたものの、どう気を配ればいいのか見当がつかない。密かな探索などやったこともやろうとしたことも一度としてないのだ。

「あなたはともかく揉《も》め事を起こさない。目立つことをしない。それを守ってください。石や草と同じく、気配を消して動かずにいる。それくらいの心構えでいてもらいたいのです」

藤士郎の戸惑いを見透《みす》かしたような左京の言葉だった。

「石や草では探索などできないだろうが」

「屁理屈《へりくつ》はおやめなさい。ともかくこれは長期戦です。そのおつもりでいてください。そのためには讃岐屋どのの言うことに、まずは従うのです」

天羽藩下屋敷に、薪炭の運び入れが決まったとき、

「天羽のお屋敷の方には話は通しておきました。荷の用心棒ということで納得していただけたようでございます。ただし、荷改め役のお目が届くところに待機することと、お腰の物は門傍の番小屋に預けることを必ず守らねばなりません。よろしいですな。讃岐屋にとっては天羽のお屋敷は大切な大切な取引先です。粗相《そそう》のないように気をお配りくださいよ」

徳之助は執拗《しつよう》に念を押していた。護衛付きで荷を運び込むのは初めてのことらしい。しかし、このところ、江戸市中で商家の荷車が襲われ荷を奪われる事件が相次いでいた。そういう事情もあって、讃岐屋の申し出はすんなりと受け入れられたのだ。

むろん讃岐屋が年月をかけて培ってきた信用があればこそ、だろう。それだけに、徳之助の気の遣《つか》いようは相当なものだった。

左京は荷車の通り道から荷の積み下ろしにかかる刻《とき》まで詳細に訊《き》き質し、入念に調べて徳之助を感心させ、かつ、信頼を手に入れたようだ。だから、細々とした注意や忠告はみな藤士郎に向けられる。あまり、おもしろくはないがしかたないと割り切る。

割り切る。諦める。いつまでも拘《こだわ》らない。

世間を渡っていくこつを、藤士郎なりに学んできた。割り切れない、諦められない、拘り抜かなければならないことは確かにある。それを見極める。忘れない。想い続ける。

「見えてきました」

左京が呟いた。

延々と続く海鼠壁《なまこかべ》の途中に二間ばかりの門がついている。戸は閉められ、その前に荷改め役と思《おぼ》しき武士が二人並んで立っていた。裃《かみしも》はつけていない。

手代の太平が小走りに進み出る。讃岐屋の焼き印のある札を渡すと、武士たちは鷹《おう》揚《よう》に頷いた。太平とは顔馴染《かおなじ》みらしく、表情はわりに柔らかい。顔馴染みならば一々、商人札を調べる手間はいらないだろうとも思うが、そういう無駄で煩雑《はんざつ》な手続きが武士の世に蔓延《はびこ》っていることも学んだ。

裏門が開いた。

荷車が轍《わだち》の音を響かせて動き始める。

三台目、最後の車が門に差し掛かったとたん、呼び止められた。

「暫《しば》し、待て」

短軀《たんく》ながら逞《たくま》しい身体付きの男だった。眼つきも鋭い。

「そこもとたちは？」

無遠慮な視線が、藤士郎の全身を撫《な》で回す。

「そこもとたちは武士ではないか。なぜ、ここにおる」

「あ、水岡《みずおか》さま、こちらは荷の警護をお願いしております先生方で。この件につきましては、ご許可いただいているはずですが」

太平が言い解《ほぐ》す。顔には愛想笑いが張り付いていた。男は水岡という名らしい。

「ふーむ、石田《いしだ》、聞いておるか」

「は？」

「番頭《ばんがしら》さまよりそのような申渡しがあったかと、聞いておる」

「あ、は、はい……」

石田と呼ばれた若く長身の武士が帳面をめくる。

「あ」

慌てたのか、手から滑り落ちた。

左京が素早く拾い上げる。

「あ、かたじけない」

石田は律儀に頭を下げ、帳面を受け取った。水岡が渋面《じゅうめん》になる。

「まったく、いつまで経《た》っても要領の悪いやつだ」

「も、申し訳ございません。あ、はい、確かに申渡しがございます」

「ふむ。おれは聞いておらなんだが。どうも、どこかで行き違いがあったようだな」

水岡が眉間《みけん》の皺《しわ》をさらに深くする。

「さようでございますか。水岡さまがお聞き及びでないとは、手前ども些《いささ》か狼狽《うろた》えてしまいます」

狼狽《ろうばい》など僅かも見せず、太平は愛想笑いのまま水岡の袖に白い包みを落とした。

「この件で水岡さまにご迷惑をおかけしないよう、努めますので。どうぞ、よしなにお取り計らいくださいませ」

「そうだな。まあ、番頭さまよりご許可あるならば、構わぬが。石田、次からはきちんとおれまで通せよ」

「え？　でも、水岡さまには昨日、ご報告を」

「石田、ちゃんと返答しろ」

「は、はい。し、しかと胆《きも》に銘《めい》じます」

「よし、通れ」

水岡が顎《あご》をしゃくる。

「ありがとうございます」

太平が深く腰を屈《かが》める。

「何だ、今のやりとりは。袖の下を出せと、露骨《ろこつ》に言ってるようなものじゃないか」

藤士郎の呟きに、左京が微かに肩を竦《すく》めた。

「ようなものじゃなくて、そのものずばりですね。何かと難癖をつけて小金を手に入れる。役人の細《ささ》やかなうま味です。いちいちめくじらを立てるほどのことじゃない」

「しかし、袖の下をもらい、目溢《めこぼ》ししていては役目が果たせまい」

「果たせますよ。荷の数が合えばそれでいいのですから。ただ」

左京が短く息を吐いた。

「天羽藩の下屋敷もご多分に漏《も》れず、緩んでいるようですね」

「ご多分に漏れず、か」

「ええ。荷改め役があからさまに袖の下を求める。かと思えば、讃岐屋どのが言っていた番小屋に大小を預ける件など誰も意に介さない。それだけ、邸内の規律が弛緩《しかん》している証でしょう」

「どこの藩でも同じなのか」

「そこまでは、わかりかねます。ただ、今の世を回しているのは、刀ではなく金です。戦のない太平の世では、武士は堕《お》ちていくしかないのかもしれません」

堕ちて、どこに行くのだろう。

考え、藤士郎はかぶりを振った。

堕ちたままでいいわけがない。緩み切っていいわけがない。

弛緩しているのなら引き締めねばならないし、堕落《だらく》しているのなら正さねばならない。

「でなければ、政《まつりごと》が成り立たなくなる」

独り言のつもりだったが、左京の耳には届いたらしい。届いても、大抵はそ知らぬ振りをするのだが、今日は違っていた。

「政は生魚のようなものらしいですよ」

ぼそりと呟く。

「生魚? どういう意味だ」

「料理人の腕次第でまるで味が変わってくるし、すぐに腐《くさ》る。腐れば悪臭芬々《ふんぷん》として、どうにもならなくなる」

「上手《うま》い譬《たと》えだな。おぬしの作か」

「いえ、世話になっている女から聞きました。武士より町人の方がよほど鋭いし、おもしろい。真実を確かに摑んでいる気がします」

足を止め、左京の横顔に目をやる。

「おぬし、武士を捨てるつもりか」

「え?」

左京が珍しく息を詰めた。瞬《まばた》きを繰り返す。

「なぜ、そのようなことを?」

「いや……別に、ふっとそんな気がしただけだ。すまん。つまらぬことを口にした」

ふっと、そんな気がした……だけだ。

左京なら、武士であることに拘りはすまい。

武士であるが故《ゆえ》の生にも死にも、なにほどの値打ちも感じはしないはずだ。そんな気がした。そして、江戸に発つ前、よく似た問い掛けをしたと思い出す。あのときはとっさに口をついた。今は妙に気持ちに絡《から》まってくる。

左京が瞬きを止めた。

「あなたはどうなのです」

「うん？」

「あなたは、武士を捨ててもいいとお考えなのですか」

「おれか……」

そうだ。おれは、どうなのだろう。

讃岐屋での初仕事の日、腰に何も佩《は》かずに出向いた。荷運びに、刀は無用の長物だからだ。

軽かった。

重石《おもし》を取り払われたようだった。その軽さが不快ではなかったのは、どうしてだろうか。

武士であることに疑念も戸惑いもない。けれど、固執もしていない気がする。

よく、わからない。

「考えたことはないな」

正直に答える。

「これから考えるかもしれないが」

左京は返事をしなかった。無言で足を引き、身体を回す。藤士郎も振り向いた。背後に気配を感じる。

水岡が立っていた。

二人がほぼ同時に振り返ったので驚いたらしい。黒目が一瞬だが、うろついた。

「何か用ですか」

左京が尋ねる。水岡は空咳《からぜき》を一つ、した。

「おまえたち浪人だな」

横柄な物言いだった。

「それが何か?」

水岡の唇が持ち上がった。薄く笑ったのだ。

「ふふん。武士でありながら町人に雇われ、糊口《ここう》を凌ぐ。情けない話だな。我が身を恥じる気はないのか」

「どの口が言うんだか。そっちこそ、武士の矜持《きょうじ》など持ち合わせてはおるまい」

左京より先に、藤士郎は言い返した。水岡の顔色が変わる。頰の血の色が増した。

随分とわかり易いやつだな。

おかしくて笑いそうになったが、さすがに堪える。

「何だと、きさま、今何とぬかした」

「出入りの商人から袖の下をむしりとって、小遣い稼ぎをしている。恥じるべき行いではないのか。少なくとも、おれたちはまともに働き、働きに見合った金子《きんす》をもらっているが」

「くっ、食い詰めた浪人風情《ふぜい》が大口を叩《たた》きおって。讃岐屋の出入りを差し止めてやる」

「やりたければやれ。ただし、そっちもお役御免《ごめん》は覚悟の上だろうな。袖の下のことがばれたら、ただではすむまい」

「いや、お役御免どころではないだろう」

左京が自分の腹の上をすっと撫でる。

「脅《おど》し同様の手口で賄賂《わいろ》を求めた。明らかに切腹ものだ。おぬし本人だけでなく上役も咎《とが》めを受けるのは必定《ひつじょう》。ふふ、あちこちから、怨《うら》まれるはめになるな」

水岡の顔面がさらに紅潮《こうちょう》する。こぶしがわなわなと震えた。

「だいたい、わざわざいちゃもんをつけてくる道理がわからん。何かの八つ当たりか？　だったら、いい迷惑だ」

藤士郎の一言に、水岡はこぶしを開いた。

「うぬぬ、よくもそこまで言うたな。勘弁ならん。斬り捨ててやる。そこに直れ」

「冗談じゃない。こちらは、仕事の最中なんだ。直ってる暇なんてあるものか。うん？　仕事の最中なのは、そちらも同じじか。いいのか、こんなところで油を売っていても？　それなりに、やることはあるだろう」

「やかましい。小癪《こしゃく》な若造どもめが」

水岡が吼《ほ》える。柄《つか》に手を掛けた。

「どうします。あなたが相手をするのですか」

左京が眉を顰《ひそ》めた。

「だから、おれは仕事の最中だ」

「わたしだって、同じではありませんか。面倒事に巻き込まれるのはごめん蒙《こうむ》りたい。あなたが煽《あお》ったのですから、ご自分で始末はつけなさい」

「えーっ、そうくるかよ」

「太平どのがさっきから、こちらを窺《うかが》ってますよ。かなり気を揉んでいるようだ。

余計な心配をかけるといけない。わたしが成行きを話しておきます」

そう言うと、左京は身体の向きを変えた。数歩進み、首だけで振り向く。

「言い忘れましたが、その御仁《ごじん》を斬ってはなりませんぞ。殺してしまっては厄介《やっかい》だ。そこのところをお忘れなく。あなたは、白刃《はくじん》を握ると見境がなくなるから怖い」

「人を辻斬りのように言うな」

「まあ、近いものがあるでしょう。ともかく血をあまり流させないように」

にっ。左京が笑む。

細めた目の中に、白い光が走った。

背筋のあたりがひやりとした。水岡はもっと冷えたらしい。顔色がみるみる褪《あ》せていく。

「どうする、やるか？」

「く……」

水岡は眉を寄せ、喉《のど》の奥で唸《うな》った。先刻までの勢いはない。

さて、どうやって片をつけるべきか。

刀を抜かず、水岡の面目を保ちつつ事を納める。

なかなかに難問だった。

藤士郎も唸りそうになったとき、

「あの、水岡さま」

石田という若侍が帳面を手に近寄ってきた。

「讃岐屋からの荷、間違いなく届いております。お確かめのうえ、捺印《なついん》をいただけましょうか」

ふいっ。

水岡が息を吐き出した。柄から手を離す。

「横合いから水を差されたな。しかたない。今日のところはここまでとしてやる」

「それはありがたい。こちらも仕事の段取りがある。ぐずぐずしている暇はないのだ。では」

藤士郎は軽く頭を下げた。唇を強く噛む。そうしないと、笑い出しそうだったのだ。左京の放った殺気に怯《ひる》み切っていたくせに、「しかたない」とは。

おかしくてたまらない。

顔を上げると、視線が絡んだ。

石田がこちらを見ている。目が合うと、慌てて会釈《えしやく》をしてきた。藤士郎も礼を返す。

もしかしたら、わざとか？　水岡が引き易いように声をかけてきた？　あまりに絶妙の間合いだった。たまたまとは考えにくい。

「数だけでなく、荷の中身も調べたんだろうな。調べたなら、薪炭小屋に運び込ませろ。もたもたするな」

石田を相手に、水岡が怒鳴《どな》っている。

「上手く、切り抜けたようですね」

左京が笑む。今度は、殺気の欠片《かけら》もない。おもしろがっているだけの笑い方だ。

「何とかな。石田どのに助けられた。ぎりぎりのところで、水岡が引っ込みがつくように取り計らってくれたのだ」

「ほお、それはなかなかの御仁だな」

左京が石田を見やる。

「お二人とも、いい加減にしておいてくださいよ」

太平が顰《しか》め面《つら》でやってきた。しかし、すぐに眉間は開き、口元は緩む。普段よりよほど機嫌のいい顔つきだ。

「まあ、水岡さまには些か……。正直、うんざりもしていたのです。毎回、当たり前のように金銭を強請《ゆす》られますので。ちょいと脅かしておいていただくのもよろしいでしょう。ああいう手合いにはよく効きます。次からは少し、おとなしくなってくださるかもしれません。これもお二人のおかげですな」

太平は揉み手をしながら、楽し気に喉を鳴らした。

そのとき、ざわめきが広がった。

うん、何だ？

藤士郎が辺りを見回すより早く、太平がくぐもった叫びをあげた。

「末子さまだ」

「は？　誰だって？」

「座って、早く。突っ立っていてはなりません」

太平が袖を引く。相当な力だ。藤士郎は引きずり倒されそうになった。空気はまだざわめいている。

「皆々、控えなされ。末子の方さまのおなりじゃ」

老女のしわがれ声が響いた。少し濁《にご》ってはいるが、耳にはきちんと届いてくる。

そこにいた誰もが一斉に、地面にひざまずいた。

「末子の方さまというのは、例の側室か？」

「でしょうね。しかし」

「しっ、しっ、二人ともしゃべってはいけません」

太平が顔を歪《ゆが》め、左京の言葉を遮《さえぎ》る。

「畏《かしこ》まらずともよい。面《おもて》を上げよ」

今度は澄んだ女の声が聞こえた。

藤士郎はそろりと顔を上げる。

回り縁の端に数人の女たちがいた。

薄鼠色《うすねずいろ》の打掛《うちかけ》を身につけているのが、先ほど声を張り上げた老女だろう。髪は白いものが目立つが、よく肥《こ》えて血色がいい。なるほど、この身体付きなら声も響くなと藤士郎は妙に感心してしまった。

侍女たちにかしずかれて立つ藩主の寵姫《ちょうき》、末子は華奢《きやしゃ》で楚々《そそ》とした風情の女だった。顔立ちは整っているのだろうが、化粧をしているし、かなり離れているのでほとんど見て取れない。見て取りたいとも望まないが。ただ、明らかに美鶴の方が美しいと思う。贔屓目《ひいきめ》でなく思う。

顔の造作云々《うんぬん》ではなく、美鶴が確かにもっている生き生きとした気配は、廊下に立つ女からは伝わってこなかった。一体の人形が華《はな》やかな打掛をまとって置かれている。そんな気がする。どんなに美しくても、人形では心が動かない。

「みなを労《ねぎら》って、お方さまより菓子を取らす」

老女がまた声を張り上げた。

「水岡」

「ははっ」

「これをみなに配るように、お方さまの仰《おお》せじゃ」

侍女が一人、庭に降り、白布に包まれた菓子箱を差し出す。水岡は恭《うやうや》しく両手で受けとり、頭《こうべ》を垂《た》れた。

「ありがたき幸せにございます」

藤士郎はまた、噴き出しそうになった。

どれほどの物かは知らないが菓子は菓子だ。渡す方も受け取る方もここまで大仰《おおぎょう》でなくともと考えてしまうのは、自分が町人の暮らしにどっぷり浸《つ》かっているからだろうか。思い出す。つい、何日か前のことだ。

「藤士郎さん、豆腐のおつけを持ってきてやったよ。食いな」

「それは、ありがたい。それなら、これをやろう」

「おや、焼き芋じゃないか。嬉しいねえ。もしかして川越《かわごえ》の芋かい。いい匂いがする。あたいが食っちまっていいの」

「いいとも、もう一つある」

「じゃあさ、あたい、茶を淹れるよ」

そんなやりとりの後、お代と焼き芋を食した。

美味《うま》かった。

高貴な女人から賜《たまわ》る菓子よりも番小屋で購《あがな》った焼き芋の方が、美味いこともあるのだ。

「そなたには」

不意に末子が前に出た。

いい声だ。濁りのない美しさがある。

「そなたには、これを進ぜる」

末子の手から紙包みが飛ぶ。それは、ひざまずいた石田の前にぽたりと落ちた。

「ありがたき幸せ。ご恩は忘れませぬ。決して終生、忘れませぬ」

石田が紙包みを両手で抱え込んだ。

末子がほっと息を吐く。

「みな、よう励んでたも」

「ははっ」

衣擦《きぬず》れの音と香《こう》の香《かお》りを残して、末子と女たちは去っていった。

「やれやれ。驚いた」

太平が大きく肩を上下させた。

「まさか、こんなところに末子さまがお出《い》でになるとはねえ。ほんとに、驚きだ」

「今まで一度も、なかったのか」

左京が尋ねると、太平はひょいと眉を上げた。

「当たり前ですよ。お殿さまのご寵愛《ちょうあい》を一身に受けているご側室ですよ。お世継ぎの母御ともなられるかもしれないお方。こんな、荷入れの場にどうしてお顔など出しましょう」

「しかし、今日は出向いてきた」

「はい。しかも、お菓子まで賜るとはねえ。どういう風の吹き回しなのか。ただの気《き》紛《まぐ》れなのですかねえ」

太平は立ち上がると、膝の泥を払った。そして、商人らしいきびきびした足取りで動き出す。

左京は荷車の向こうに目をやっていた。

「なるほどな。これは使えるかもしれんな」

「うん？　何のことだ」

「おや、聞こえましたか。意外に耳聡《みみざと》いのですね」

「誤魔化すな。何が使えるって？」

左京が顎をしゃくる。

荷車の向こう。

石田がいた。紙包みを握り締め、呆《ほう》けたように立っていた。

第七章　闇の奥の闇

通用門から男が出てきた。

待っていた相手だ。

「藤士郎さま」

左京が背中を押す。

「え？　おれが行くのか」

「当たり前です。他に誰がいますか」

「おぬしが行けばいいではないか」

「わたしは、他人と話をするのが苦手なのです。どうしてだか、相手の気を張らせてしまうらしい。そこにいくと、あなたは俗謡《ぞくよう》の囃子《はやし》詞《ことば》ではありませんが、のほほんとして相手を警戒させない。こういうときは、まさに適役です」

「褒《ほ》めているのか、貶《けな》しているのかどっちだ」

「むろん、褒めております。あ、ほら、来ましたよ、早く」

さっきより強く背中を押され、藤士郎は松の木陰《こかげ》から足を踏み出した。讃岐屋の仕事を終えてからずっと、天羽藩下屋敷と向かい合うように生える、この松の大樹の陰に潜《ひそ》んでいた。

耳元で蚊《か》の羽音を聞きながらの張り込みは、なかなかに骨が折れた。秋口の蚊は、執拗《しつよう》で厄介《やっかい》だとはわかっていたが、ここまで難儀したことはなかった。首筋、足首、頬《ほお》……所かまわず襲ってくる虫に辟易《へきえき》している藤士郎の傍《かたわ》らで、左京は涼し気な顔のまま、松の幹にもたれていた。蚊が気にならぬのかと問うと、

「どうやら虫を寄せ付けない性質《たち》のようで、生まれてこの方、蚊に刺されたことはほとんどありません」

と、答えが返ってきた。

癪《しやく》に障《さわ》るが、感心もする。さすがに天狗《てんぐ》だと納得しそうにもなった。そして、一度でいいから、この男の困り果てた様を見てみたいと本気で考えてしまった。我ながら卑小な思案だと一人、胸の内で恥じたとき、背中を押された。

しかたない。

気は進まないが、やるしかないのならやるだけだ。

気息を整え、さらに前に出る。

「石田どの」

男に声を掛ける。

石田は俯《うつむ》き加減だった顔を上げ、瞬《まばた》きした。不意に立ちふさがった若者が誰か、一瞬、判別できなかったようだ。

「あ……これは、讃岐屋の……」

「伊吹藤士郎と申す。後ろにおるのが……」

「柘植左京でござる」

名乗ると、石田は藤士郎にも藤士郎の後ろ、木陰から出てきた左京にも頭を下げた。根っから律儀な性質であるらしい。

「お二人お揃《そろ》いで、いかがされた」

「いや、実は石田どのに御礼《おんれい》を申し上げたく、先刻よりお待ち申しておりました」

「お礼？　え、何のことでござる」

首を傾《かし》げる石田に藤士郎は笑みを向けた。作り笑いではない。ほんの短いやりとりでも、石田のいかにも朴訥《ぼくとつ》で誠実な為人《ひととなり》が伝わってきて微笑《ほほえ》ましかったのだ。しかし、これから自分の為《な》そうとすることを思えば、笑ってなどいられない。律儀で朴訥で誠実な男に小さな罠《わな》を仕掛けねばならなくなる……かもしれないのだ。

「石田どのに助けていただいた。かたじけなく思うております」

頭を下げる。

「はあ？　ですから、何のことなのか、それがしにはさっぱりわかり申さん。伊吹どのに助力した覚えはないのだが」

「助けていただいた。石田どのが声を掛けてくれなければ、あの水岡という輩《やから》と抜き差しならぬはめに陥《おちい》っていたかもしれませぬゆえ」

「ああ、あれか」

石田が小さく笑う。

「いや、あれは水岡さまに荷を確かめてもらわねば、仕事が一向に捗《はかど》らないので声を掛けたまでのこと。別に、伊吹どのをお助けしたわけではござらん。それに」

石田はそこで、さらに笑った。笑みが顔中に広がる。

「それがしが助けたのは、水岡さまの方ではなかったのかな」

「は？」

「万が一、斬り合いになればおそらく、倒れていたのは水岡さまだろう。それがしも武士の端《はし》くれ。そのぐらいは見極められる」

「いや、それは……」

どうだろうか。真剣を交えれば、どこであろうと死地になる。死地に立ったとき、強い方が必ず生き残れるとは言い切れない。腕に格段の差があっても、僅《わず》かな油断が僅かな不運が思わぬ落とし穴になる。道場での稽古《けいこ》と真剣勝負はまるで別のものだ。

「然《さ》もありなん」

不意に左京が口を挟んできた。こちらは、作り笑い以外の何物でもない笑いを浮かべている。

「確かに、石田どのの言う通りだ。真剣でやりあえば、寸の間で決着はついたはず。しかし、あの場で伊吹どのが水岡を斬り捨てていたらどうなったか」

左京が藤士郎を見やる。

「下屋敷内で刃傷《にんじょう》沙汰《ざた》を起こした。しかも、浪人が藩士を斬り捨てたのだ。その場で腹を切るか捕まって首を落とされるか、だ」

「あ……まあ、言われてみれば……」

「つまり、伊吹どのが今、こうして首と胴が繫《つな》がっているのも、生きていられるのも石田どののおかげなのだ。命の恩人と言っても過言ではあるまい。な、伊吹どの」

「え？　あっ、ああそうだ。確かに命の恩人だ。だから、御礼に一献《いっこん》差し上げたいと思い、こうして待ち伏せ……、いや、待っておったわけで……」

「あ、いや。そのようなお心遣《こころづか》いは無用に存じる。お庭を血で汚したとあっては、荷役人としてそれがしも罰せられたのは必定《ひつじょう》。それこそ、切腹の沙汰が出たやもしれん。それに……水岡さまには些《いささ》か腹に据《す》えかねていたところもあって」

石田が口をつぐむ。浪人相手に上役の不満を漏《も》らす愚《ぐ》と危うさを察したのだ。左京が真顔で相槌《あいづち》を打った。

「わかる、わかる。浪人暮らしも苦労だが、あこぎな上役に使われる身もそれ相応の苦労があるものだ」

「いや、苦労などは……」

目を伏せる石田に、藤士郎はもう一度頭を下げた。

「石田どの、心底《しんてい》から御礼を申す」

左京の言葉を聞きながら、冷汗が背筋を伝っていた。

水岡に絡まれ、刀を抜いたとは思わない。そこまで軽はずみではないつもりだ。斬りはしない。けれど、殴《なぐ》っていた見込みは十分にある。役人の権勢を笠《かさ》に着て露骨《ろこつ》に賄賂《わいろ》を求める男に、石田ではないけれど腹に据えかねる心持ちがしていた。許せない、許してはいけない気がしていた。父の死と関わりがあるのかもしれない。

父、伊吹斗十郎は自裁して果てた。天羽藩随一の豪商出雲屋《いずもや》から多額の賄賂を受け取った咎《とが》で捕らえられ、自ら命を絶ったのだ。

「市中の商人と結託し、私腹を肥《こ》やし、藩の財政を損耗《そんもう》せし罪により、伊吹斗十郎に切腹を申しつける。伊吹家は家禄《かろく》を……」

城からの使者が告げた声を今でも覚えている。

菊の香りの匂《にお》う、伊吹家の表座敷でのことだった。

あのとき、藤士郎は信じていた。

父は陥《おとしい》れられたのだ、と。誰かの姦計《かんけい》にはめられ、あらぬ汚名を着せられたのだと。それならば、この命にかけても父の無念を晴らさねばならぬと誓いもした。

しかし、事実は一筋縄ではいかない、怪奇なほど複雑な様相を持っていた。父が陥れられたのは真実だとしても、その裏には父なりの企《くわだ》てや密事がぶらさがっていたのだ。

大人の抱え持つ闇に、政《まつりごと》の得体の知れなさに翻弄《ほんろう》されながら、藤士郎は決意していた。

ならば、真《ま》っ直《す》ぐに生きてみせる。

誰も裏切らず、誰かの信に応《こた》えて生きてみせる。

水岡は小物だ。出入りの商人に小銭《こぜに》を集《たか》っているに過ぎない。その卑小さも腹立たしかったのだ。しかし、怒りに任せて水岡を殴り悶着《もんちゃく》を起こせば、藤士郎は何かしらの罰を受け、屋敷への出入りは一切禁じられていたはずだ。下手をすれば讃岐屋にまで出入り差し止めの処分が下ったかもしれない。

危ないところだった。

汗に濡《ぬ》れた背中が冷えていく。藤士郎は我知らず身体を震わせていた。

「石田どの、ここは伊吹どのの謝意を気持ちよく受けてはもらえんか。いや、謝意といってもたいしたことはできん。馴染《なじ》みの小料理屋で細《ささ》やかな馳走《ちそう》を振る舞うぐらいのものだ。たいしたことはできぬが、こちらの意を酌《く》んで付き合って頂きたい。いかがなものだろう」

左京が口説《くど》いている。

何が他人と話をするのが苦手だ。おれより、よほど巧《たく》みではないか。

少しばかり毒づいてみる。

石田を懐柔《かいじゅう》して、屋敷内の様子を聞き取る。

左京の一案は妙策ではないが、手っ取り早い方法には思えた。讃岐屋の用心棒のままでは炭蔵の建つ裏手から先には進めない。どんな手を使っても、もう少し深く入り込まねばならない。頭ではわかっている。しかし、石田を利用しようとしている自分たちに心が怯《ひる》んでしまう。誰も裏切らないと誓った。その誓いに背《そむ》きたくはない。

藤士郎の想いを左京は一笑に付した。

「馬鹿馬鹿しい。何の足しにもならない決意など捨ておしまいなさい。邪魔になるだけです」

嗤《わら》われて、さすがにむっとした。

「藤士郎さま」

左京が声を低める。

「あなたは何をお望みなのです」

「望みだと？」

「そうです。あなたが本気で望んだことは何なのか。今一度、考えてごらんになるといい」

突き放すような物言いだった。もっとも、左京はいつもこうだ。他人を拒み、一定の間合いを取る。決して縮めようとしない。その間を詰《つ》められる者は、唯一、双子《こぼ》の姉である美鶴だけだろうか。

左京は斗十郎の子だ。藤士郎とは腹違いの兄になる。母は違っても父の血は流れている。斗十郎は左京と左京の母を捨てた男だ。怨《うら》むのも憎むのも当然だ。少なくとも藤士郎なら怒りを憎悪を、あるいは思慕《しぼ》の情を滾《たぎ》らせたと思う。が、左京はいつも淡々としていた。その内側に何があるのか見通せない。

「おれが望んだのは……知ることだ。真実を知ること。そして、御蔭先生に託した書状が役目を果たし、天羽の藩政が変わる様を見届けること、だ」

「が、御蔭どのはとっくに江戸に入り、下屋敷内に匿《かくま》われているはずなのに、事態は一向に動く気配はない」

「うむ……」

「御蔭どのの安否はともかく、書状の行方だけは摑《つか》みたい。そうですね」

「先生の安否だとて気にはなる。ただ、あの書状のために大勢の者が死んだのだ。その死を無駄にするわけにはいかん。殿があの書状を使い、藩政の一新をどのように図るおつもりなのか、どうしても知りたいのだ」

「けっこう。だが、わたしたちにできる手立ては限られている。石田どのに近づくのは数少ない手立ての一つです。綺麗事《きれいごと》を言っていては、何もできません。それに、石田どのを捨て駒《ごま》に使うわけじゃない。話を聞くだけです。別に害を及ぼしはしないでしょう」

そうかもしれない。自分の言っていることは、いつも綺麗事だ。もっと汚れ、もっと傷付くべきなのだろう。心身に無数の傷を負い、汚れ、清濁《せいだく》を併《あわ》せ呑《の》まねば真実は摑めない。それでも、やはり、誰も裏切らない者となる。その一点を忽《ゆるが》せにはできない。できないまま、大人になりたい。父のようには生きない、何があっても。

胸が痛い。

刃《やいば》の切っ先で浅く傷つけられたようだ。

父を敬愛していた。

強く、優しく、頼もしく、大きい。

伊吹斗十郎は藤士郎にとって、いつか越えたい山嶺《さんれい》であり、仰《あお》ぎ見る天空だった。ついこの前まではそうだった。その父を今は拒まねばならない。

己《おのれ》の望むものと父が望んだこと。二つは、あまりに隔《へだ》たってしまった。父は追いかけるものではなく、背を向けるものになっていた。それが痛いのだ。疼《うず》くのだ。

左京が本気で望むものは何なのだろう。

ふっと思ったのは左京と別れ、長屋に戻ったときだった。

あの天狗はどのような望みをよすがとしていきているのか。

考えているうちに眠っていた。

「そこまで誘ってくださるなら、遠慮なく馳走に与《あずか》らせていただこうか」

石田が笑顔になった。左京がその背中を軽く叩《たた》く。

「そうこなくてはな。石田どの、酒は？」

「嗜《たしな》む程度だ。いや、実は今も……」

「嗜むつもりで出てきた？」

「いかにも。何となく酒を飲みたくなったもので」

「それは願ってもない機会だ。少し歩くが、美味《うま》い料理と酒を出す店にご案内する」

「痛み入る」

左京と石田は旧知の仲であるかのように並んで歩き出した。数歩遅れて、藤士郎は後に続く。

両国橋を渡り、いくつかの角を曲がり、左京が案内したのは黒塀に囲まれた二階屋だった。

あ、ここは……。

見覚えがある。確か、『こうきち屋』という小料理屋だ。江戸に辿《たど》り着いた日、疲れ果てこの店の前で座り込んでしまった。そして、御薦《おこも》と思《おぼ》しき男から余食《よじき》を施《ほどこ》されそうになった。

「ここは馴染みの店、なのか」

左京に囁《ささや》く。

「そうでもありません。一緒にいる女が時折、座敷に呼ばれはするようですが」

「一緒にいる女ね」

左京を真似《まね》て何気なく呟《つぶや》きたかったけれど、舌が強張《こわば》って口調が硬くなってしまった。舌打ちしたとき、首筋から背中にかけて強く撫《な》でられたように感じた。辺りを見回す。

視線？

左京が振り返った。

「どうしました？」

「あ、いや、別に」

こいつが何も感じてないなら、気のせいか？

一息つき、藤士郎は店内に足を踏み入れた。

前もって約束していたのか、顔馴染みなのか、左京が一言二言何かを仲居に伝えると、すぐに二階の座敷に通された。待つ間もなく、膳《ぜん》と酒が運ばれる。

酒は諸白《もろはく》だった。料理も豪勢ではないが味付けがよく、秋刀魚《さんま》の塩焼きや蛤《はまぐり》汁《じる》、青菜の浸《ひた》しなどは唸《うな》るほど美味かった。

「これは、たいした馳走だ」

石田が嬉《うれ》し気《げ》に目尻を下げた。ひょろりとした外見に似合わず健啖家《けんたんか》で酒豪だった。左京も飲むから、たちまち銚子《ちょうし》は空《から》になる。

「おい、大丈夫か」

また左京の耳元に囁く。

「何がですか」

「勘定《かんじょう》だ。かなり飲んで、食ってるぞ。金はあるのか」

「讃岐屋からたんまりもらったばかりではありませんか。それで、支払えばよろしいのでは」

「えっ、おれが払うのか」

「当たり前です」

「しかし、おぬしも手当てをもらったではないか」

「もらいました。けれど、この席は藤士郎さまが石田どのへの御礼のために設けた席。そちらが払うのが筋というものでしょう」

「どんな筋だ。その手に乗るか。おぬしとおれとで折半《せっぱん》だからな」

「意外に細かいのですね。器《うつわ》が小さい」

「小さくて結構。どうあっても折半だからな」

金がどれほど大切か。江戸で身をもって知った。一文《もん》が、一分《ぶ》が暮らしを支える。それを疎《おろそ》かにはできない。金にも権勢にも拘泥《こうでい》しない。すれば足をすくわれる。しかし、一文の一分の重みには拘《こだわ》らなければならない。

左京が肩を竦《すく》めた。藤士郎から離れ、石田の傍《かたわ》らに座る。銚子を取り上げ、盃《さかずき》に注《つ》ぐ。

「いや……もう、随分と飲んだようで……いい加減にしておかないと、酔い潰《つぶ》れてしまう」

石田が右手を横に振った。眼つきがとろりと眠たげになっている。かなり酔いが回っているらしい。

「酔い潰れればいいではないか。おれがおぶってでも、屋敷まで送ってやる」

「まさか、そんな手数をかけるわけには、いかん」

「遠慮するな。さあ、どんどんやってくれ」

「では、もう一杯だけ頂く。すまぬな」

「だから、謝ったりするな。こちらは礼をしているつもりなのだぞ。さ、もっと飲んでくれ」

「いや、しかし、申し訳ない」

いつの間にか、左京も石田も砕《くだ》けた物言いになっている。十年来の知己《ちき》のようだ。

「それにしても、あの水岡という輩、武士の風上にも置けぬな」

酒を飲み干し、左京が手の甲で口元を拭《ぬぐ》った。

「水岡さまか……。確かに、どうにもならんお方ではあるが、水岡さまお一人が堕落《だらく》しているわけではない。役人なんて、みんな似たり寄ったりだ」

石田がため息をついた。左京は大仰《おおぎょう》に顔を顰《しか》める。不快と驚きの表情だった。わりに様々な顔様ができるやつだと、藤士郎は感心する。天羽にいたとき、左京の面《おもて》はいつも冷ややかで、そこが波立つことは滅多になかった。こんな様々な情を潜め、色に出していくやつだとは。

本人はどう思っているかいざしらず、藤士郎には左京が芝居をしているとは見えなかった。

「そうか。似たり寄ったりなのか」

「うむ。荷役人というのは出入り商人と直《じか》に接する。袖《そで》の下という、うまい汁をたっぷり吸える立場にいるわけだ」

「なるほど。多分、どこの藩でも」

「似たり寄ったりではないか。まあ、水岡さまのようにあからさまな方は珍しいかもしれんが」

「殿はご存じないのか」

口を挟んでいた。左京と石田の視線が同時にぶつかってくる。眼の奥で小さな火花が散ったように感じた。

「殿や側用人《そばようにん》の四谷さまは、我が藩のそのような有り様を摑んでおられるのか」

左京が目配《めくば》せしてくる。

口を押さえそうになった。

藩主吉岡左衛門尉継興を殿と、天羽を我が藩と呼んでしまった。つい、口が滑《すべ》った。一旦、発してしまった言葉は元に戻らない。

とんだ失態だ。

己で己を殴り付けたくなる。が、ほどよく酔った石田は藤士郎の失言に気付いた風はなかった。

「我らのような軽輩からすれば、殿はむろん、四谷さまも雲上人《うんじょうびと》だ。何をどのようにお考えなのか伺《うかが》う術《すべ》はない。まあ……下々の細やかな不正など、一々、殿のお目に触れるわけもないか」

触れなければ困るだろう。

細やかだろうが、大掛かりだろうが不正は不正だ。一国の主《あるじ》なら、その眼で見、その耳で聞き、下すべき処分を下すべきだ。

左京がまた目配せしてくる。

黙っていてください。これ以上、余計なことをしゃべらぬように。

眼差《まなざ》しが告げていた。

いつの間にか、左京の声にしない言葉を解《かい》せるようになっていた。別に嬉しくも得意にもなれないが。

「そう言えば、あの菓子もこっちには回ってこなかったな」

左京が石田に向かい、呟く。

「菓子？」

「ほら、あれだ。ご側室の……えっと何て名前だったか」

「末子さまのことか」

「あ、そうそう。末子さまだ。あのお方から賜《たまわ》った菓子を水岡は独り占《じ》めしたのではないか」

「ああ……」

「まったくけしからん男だ。末子さまはみんなで分けるようにおっしゃっていたではないか。それを独り占めするとは、どういう了見なんだ。うん？　石田どの、どうした、ぼんやりして」

「え？　あ、いや……別に。いい塩梅《あんばい》に酔いが回ってきた。これ以上飲むと、本当に潰れてしまう。今夜はこのあたりで」

腰を浮かした石田の手首を左京が摑んだ。

「もしかしたら、想い合っていたのか」

石田の喉《のど》がくぐもった音をたてた。

「な、何のことだ」

「おぬしと末子さまのことだ。互いを愛《いと》しんだときがあったのではないか。いや、今でも……」

「戯《たわ》けたことを申すな」

石田が叫ぶ。顎《あご》の先が震えていた。

「末子さまは殿のお側に侍《はべ》る女人《にょにん》だぞ。そ、そのようなお方と……。馬鹿も休み休み言え」

「では、なぜ、おぬしだけ菓子の包みを賜った。しかも、手ずから」

「それは、だから……」

「危ないな」

左京の眉間《みけん》に皺《しわ》が寄った。愁眉《しゅうび》そのものの顔つきになる。

「危ない？　何のことだ」

石田も眉を顰《ひそ》める。頬の赤らみが失《う》せていく。

「末子さまにすれば思いあぐねた末の仕儀だろうが、あまりに大胆過ぎる。おや？　と感じたのはおれだけではなかったはずだ」

「いや、だから……、だから……」

「あの菓子包みには何が書いてあったのだ」

石田が目を剝《む》く。藤士郎は左京の横顔に見入った。

「末子さまがおぬしに渡したかったのは菓子ではなく、包みの方だろう。文《ふみ》を認《したた》めた紙で菓子を包み、渡す。おぬし一人だけに渡せば怪しまれる。だから、周りにも菓子を配ったわけだ。褒美《ほうび》だとかなんとか口実をつけてな。もっともあこぎな水岡のせいで、おれたちには回ってこなかったが」

末子の手から放られた小さな包み。あれは、文の代わりだったのか。考えもしなかった。

垣間見《かいまみ》た藩主の愛妾《あいしょう》の、小さな顔を思い出す。張り詰めた眸《ひとみ》をしていた。左京の言う通りだとすれば、あのとき、末子は芝居をしていたわけだ。男に文を渡すための芝居。

確かに、危ない。ばれれば、末子も石田も無事ではいられない。

覚悟の上なのか。

藤士郎は左京から石田に視線を移した。

うなだれている。膝《ひざ》に置いたこぶしが震えていた。

「末子さまは四谷さまのご息女となっているが、それは表向きだけのことだな」

「……知らぬ」

「石田どの」

左京の手が石田の肩を叩いた。

「誤解するな。おれたちは敵ではない。むしろ、力になりたいと思っている。おぬしには借りがあるし、為人に感銘も受けている。できることがあれば手助けをしたいのだ。もっとも、できることなどそう多くはないというか、ほとんどなかろうな。それでも、話を聞くぐらいはできるぞ。胸の内に抱え込んでいるものを吐き出したいなら、聞き役にはなれる」

左京の物言いは穏《おだ》やかで、なぜだか胸に染《し》みてくる。

こいつ、やはり相当の人誑《ひとたら》しだ。

そっと舌打ちする。

「……お末は下屋敷お台所番の娘だった。おれより四つ年下だが、屋敷内の侍長屋でずっと一緒に育った仲だ」

石田が顔を上げる。そして、しゃべり始めた。訥々《とつとつ》とではあるが、迷いは感じられない。声音《こわね》はしっかりとしてよく通った。

「おれたちは、いつしか互いを想うようになっていた。家の格も釣り合い、祝言《しゅうげん》の日取りまで決まっていたのだ。おれは、おれもお末も幸せだった。石田の家もお末の家も三十石取りだ。楽な暮らしなど望めない。それでも幸せだと、お末は言うてくれたのだ」

隙《すき》なく化粧を施し、打掛《うちかけ》を身につけた末子はどんな娘だったのか。ふっと、美鶴が浮かんだ。伊吹の屋敷にいたころではなく、嫁いでからの姿でもない。砂川村での美鶴だ。小袖の裾《すそ》を持ち上げ、袖をくくり、手拭《てぬぐ》いを被《かぶ》って立ち働いている。

「藤士郎、来てごらんなさい。こんなところに山雀《やまがら》が巣を作っていますよ。雛《ひな》までいるわ」

「藤士郎、早く薪割《まきわり》をしてちょうだい。それと、水汲《く》みも。え？　こき使う？　当たり前でしょ。使えるものは何だって使います。あ、屋根の雨漏《あまも》りも直しておいて」

「母上さま、藤士郎が山桃の実をとってきてくれましたよ。お食べになりますか」

明るく伸びやかな声が耳の底で響く。

末子もそんな娘ではなかったのか。朗らかで、よく笑い、ときに母親から「そんなに口を広げて、はしたない」と窘《たしな》められる。それでも、その笑顔が笑声《しょうせい》が周りまで明るく染め上げる。

そんな娘、だ。

「けれど、祝言の日取りが決まって一月《ひとつき》もせぬうちに、末子は殿のお目に留まり、側にあがることになった。四谷さまのご養女となり、一家で長屋から去っていったのだ。おれは父の跡を継ぎ出仕した。この夏から水岡さまの下で働くこととなった。嫁取りの話も進んでいる。年が明けたら、祝言になるだろう」

石田はしゃべり続けた。一度吐露《とろ》した想いを止《とど》めることはできない。そんな風だった。秘して、抱え持ち、誰にもどこにもさらせない甘やかな思い出などになってくれない。塊《かたまり》となって、重みを増していく。

石田は吐き出したかったのだろう。藩邸にいる限り、打ち明けられない心情を吐き出し、少しでも軽くなりたかった。藤士郎も左京も余所者《よそもの》だと石田は信じている。道傍《みちばた》の石仏に手を合わせ語り掛けるように、訴え続けるのだ。

「忘れなければならないとわかっている。お末はもうお末ではない、末子さまだ。どう足掻《あが》いても手の届かぬお人だ。わかっている……わかっているのだ。わからぬほど阿呆《あほう》ではない。しかし、まだ未練が残るのだ。お末と共に暮らしていくはずだった、一緒に老いていくはずだった日々を諦めきれないのだ。やはり、阿呆だな、おれは」

「阿呆などで、あるものか」

身を乗り出していた。

「むしろ誠がある。他人の許嫁《いいなずけ》を目に留まったというだけで側室にあげる殿、いや、藩主どのが間違っているのだ。側室にしたいなら、誰かの妻ではないか許嫁ではないかくらい、ちゃんと調べるべきだ。それをしなかった側用人どのにも落ち度がある。人として、けしからんではないか」

「伊吹どの」

「石田どのは誠の人だ。上に立つ者こそが阿呆なのだ」

石田が息を吸い、吐いた。微《かす》かに笑う。

「伊吹どの、かたじけない」

「いや、おれは思ったことを口にしただけだ」

「渡りに船、かな」

左京が軽く首を振った。

「養女とはいえ、娘は娘。末子さまが世継ぎを産めば、四谷どのは外祖父だ。ますます藩主との絆《きずな》を深め、権威を増すことができる。願ったり叶《かな》ったりだ」

「そんな。人を何だと思ってるんだ。政の道具でも、出世のための駒でもないぞ」

それでは国許の連中と何一つ、かわらぬではないか。

口先まで出かかった一言を何とか呑み下す。

「道具であり、駒なのだ。昔からそういうものだろう。藩のため、家のため、女は嫁に行くものだと決められている。そこから、外れられる者はそう多くない」

左京が言い切る。

では、姉上は外れたわけだ。

天災のように降りかかってきた父の死、その後の日々は苦難に彩られてはいたが、藤士郎にも美鶴にも、おそらく左京にも新しい道を指示してくれた。

美鶴と末子。どちらの生き方が幸せなのか、神でしか測れない。

「伊吹どの、柘植どの」

石田が目を見開いたまま、藤士郎と左京を見やった。

「正直に申す。どうすればいいのか、おれにはわからんのだ。地獄の迷路に迷い込んだ心地がする。出口が見つからんのだ。こうしている間にも、お末のことが心配でたまらぬ」

「どういうことだ」

藤士郎は尋ねたけれど、左京は頷《うなず》いた。

「末子さまは、おぬしが荷役人に就《つ》いたことを知って、決死の想いで文を届けた。その文がただの恋文であるわけがないな」

「え？　そうなのか」

我ながら間抜けた物言いだった。頰が熱くなる。

「そうなのだろう、石田どの」

「……うむ」

石田がまた、目を伏せた。薄い肩がもの悲しく目に映る。

「何と書いてあったのだ」

「共に……共に死にたいと」

「死ぬだと」

今度は頓狂《とんきょう》な声をあげていた。恥じる気持ちはわかない。

「離れて生きることに耐えられぬ。共に死にたいと、綴《つづ》られていた」

左京と顔を見合わす。石田がみじろぎした。

膳の上から盃が転がる。

白地の小さな器が鈍く光ったように見えた。

第八章　空を仰《あお》ぐ者

黒松長屋に戻る道すがら、藤士郎は幾度《いくど》かため息を吐き出していた。我ながら女々《めめ》しいと、吐くたびに唇を嚙《か》む。それなのに、また、ほろりと零《こぼ》れてしまうのだ。迷っていた。考えあぐねていた。

さて、どうすればいいのか。

妙案の欠片《かけら》も浮かばない。ため息が零れるだけだ。

石田を下屋敷まで送った。

全てを吐露《とろ》したことが決意に繋《つな》がったのか、石田は迷いのない口調で言い切った。

『こうきち屋』の座敷を出る間際のことだ。

「おれは何としてもお末を救いたい。お末が殿の許《もと》に上がるとき、誓ったのだ。来世でこそ夫婦になろうと。おれは……それでいい。来世を信じ、今を生きようと決めた。お末にも、そうであってほしいのだ。今を生き抜いてもらいたい」

今を生き抜く。

そうだと頷《うなず》いていた。

ほんの束の間《つかま》、姿を見ただけの女人《にょにん》に伝えたい。

命ある今を生き抜いていただきたい。

生きたくとも生きられなかった者に、否応《いやおう》なく死を選ばざるを得なかった者に、心を馳《は》せてはくださりませぬか。

そう伝えたいのだ。

「末子さまが早まったことをなさらぬように、お諫《いさ》めしなければならんが……」

語尾があやふやになる。

手立てが思いつかない。

幾ら下屋敷内にいるとはいえ、相手は藩主の側室だ。容易《たやす》く会える相手ではない。言葉を交わすなど夢のまた夢。さすがの左京も策がないのか、押し黙ったまま空を見《み》詰《つ》めていた。

「お二人のご厚意、まことにかたじけない。恩にきる」

別れ際、石田は深々と低頭した。その姿が通用門の中に消えるのを見届け、藤士郎は傍《かたわ》らの左京に話しかけた。

「どうしたものかな」

「そうですね。なかなかに得策がない」

「石田どのの純情一筋の気持ち、何とかしてやりたいが……。おれたちの力ではどうにもできんわけか」

左京が立ち止まる。

「藤士郎さま」

「うん？」

「よもや、お忘れではありますまいな」

「忘れる？　何をだ？」

左京がわざとらしくかぶりを振った。

「まったく、どこまで気楽にできているのですか。我々が石田どのに近づいたのは、あくまで藩邸内を探るためです。石田どのの恋路に味方するためではありませんぞ」

「わかっている。忘れたりなどするものか」

「本当ですか。石田どのの一途《いちず》さにほだされて、本来の目途《もくと》をお忘れなきように。しっかりなさってください」

「だから、わかっている。ただ、気が引けるのだ」

一息呑《の》み込み、藤士郎は風に向かって顔を上げた。夜の風は冷たく、酒の火照《ほて》りを容赦《ようしゃ》なく奪っていく。

「おれたちは石田どのを方便に使い、藩邸の奥に潜《もぐ》り込もうとした。しかし、石田どのは末子さまを心底《しんてい》から案じている。その心根に比べたとき、どうしても気後《きおく》れして」

最後まで言い切れなかった。

胸倉《むなぐら》を取られ、松の幹に押し付けられる。鱗《うろこ》に似た樹皮が剝《は》がれて落ちた。

「甘えるのも大概になされよ」

すぐ近くに左京の双眸《そうぼう》があった。

揺れている。

動揺とか惑乱とかではない。これは……怒りだろうか。蒼白《あおじろ》い炎が眸《ひとみ》の中で揺らぎ、蠢《うごめ》いている。闇に閉ざされていても、はっきりと見て取れた。

「何が気後れするだ。気が引けるだ。あなたの決意はその程度のものなのか。真実を知りたいだの、散った命を無下にはしないだの綺麗事《きれいごと》ばかりを並べて、その実、汚泥《おでい》に踏み込む覚悟などしていない。あなたは本気で政《まつりごと》を正そうとしておられるのか」

左京を見据《みす》えたまま、身体の力を抜く。胸倉に僅《わず》かの緩《ゆる》みができた。左京の手首を摑《つか》み、顎《あご》を上げる。

「本気だ。何度でも言う。天羽藩の政は変わらねばならぬ。変わらねばならぬのだ。そのために、おれはおれのやるべきことをやる」

手を離し、左京が一歩、退《ひ》く。眸はもう、白々《しらじら》と冷めていた。

「それも綺麗事だ」

「違う」

「なら、他人を方便に使うぐらいの汚埃《おあい》は呑み込みなさい。利用せねば事が為《な》せないなら、やるべきです」

「それでは同じではないか」

叫んでいた。

頭上で松の枝が音をたてる。夜風が強くなっていた。

「己《おのれ》のために他人を駒《こま》に仕立て上げ、動かす。その駒が汚れようが、壊れようがお構いなしか。それなら、政を恣《ほしいまま》にする重臣たちと変わらぬではないか。人は駒ではない。心がある。それを忘れたくないだけだ」

松籟《しょうらい》の中で、藤士郎はこぶしを握った。左京が闇の向こうから静かに問うてくる。

「では、どうするのです。石田どのを使わぬ気なら、他にどんなやり方があるのです」

「それは……」

束の間、返答に詰まる。

他にどんなやり方があるか。一つしか思い浮かばなかった。そして、他にはどんなやり方もないと思う。

「石田どのに全てをうち明け、助力を乞《こ》う」

左京が瞬《まばた》きをしたように感じた。ゆっくりと一度だけ。

「本気ですか」

「本気だ」

「全てをうち明ければ石田どのが力を貸してくれると、お考えなのですか」

「わからぬ」

石田の為人《ひととなり》を好ましいとは思う。嘘《うそ》のない真《ま》っ直《す》ぐな気性《きしよう》だ。けれど、それと手助けに同意してくれるかどうかはまた別の事だ。江戸勤番の武士にとって、天羽の地でどのような政が行われようと、あずかり知らぬことかもしれない。藤士郎たちを主家に弓を引く謀叛人《むほんにん》と見做《みな》す見込みもある。そうなれば、命が危うい。

「わからぬのに正体をさらすと？　あまりに無謀だし馬鹿げている。嗤《わら》うに嗤えぬほどの愚策と、あえて申し上げます」

「そこまで言うか。捨て身のやり方が功《こう》を奏《そう》することもあるのではないか。それに……これも甘いと叱《しか》られるかもしれんが、おれは石田どのならわかってくれる気がするのだ。むろん、断られるかもしれん。それでも、石田どのが上に訴え出て、おれたちを危うくするとは考えられん」

「誰が叱りました」

「え？」

「誰があなたを叱ったのです」

「おぬしではないか。つい、さっき……」

「わたしは自分の意見を述べたまでです。あなたを叱ったつもりなど毛頭ありません」

「細かいやつだな」

「慎重なのです。小心なのかもしれない。あなたのように、気持ちだけで突っ走るなど怖くてできませんから」

左京が一歩、退く。

全身が闇に包まれた。

「わかりました。好きになさるがいい。あなたから石田どのに打ち明けるなり、頼むなりしてごらんなさい。わたしは手を出さない」

一息の間の後、左京は続けた。

「密談の場所が入用《いりよう》なら、『こうきち屋』の座敷を安く借りてあげます。そのくらいの手伝いはしますが」

後は知らぬと言わんばかりの口振りだった。藤士郎に背を向ける気配が伝わってきた。

ふと、胸の内が波立った。

「左京」

「何です」

「あの店はどうなんだ？」

じゃり。草鞋《わらじ》が土を踏む。左京が闇の中で振り向いた。

「どうとは？」

「おぬし、落ち着かぬ気配を感じなかったか」

「気配？　いいえ」

やはり、感じなかったか。では、あれはただの思い過ごしだったのか。

『こうきち屋』の前でふと気配を感じた。殺気ほど剣呑《けんのん》ではないが、纏《まと》わりつくような嫌な、何とも言えぬ嫌な気配だった。すぐに消えたが、消えた後も何故《なぜ》か背中がうそ寒かった。

思い過ごしか。

危地に対しての勘なら、いや、勘も左京の方が数段勝っている。そこに引っ掛からなかったのなら、あの気配はただの過慮だったか。

松籟が激しくなる。

左京の足音が遠ざかる。その音が消えてしまっても暫《しばら》く、藤士郎は松の下に佇《たたず》んでいた。

どうしたものか。

考え続ける。

石田に全てを告げ、助力を乞う。

左京には愚策だと言い捨てられたし、確かに策略とも呼べぬ代物《しろもの》だ。けれど、策を弄《ろう》したその先に、願ったものがあるとはどうしても思えないのだ。

策を弄し、人を駒として使い捨て、どうなったか。

政は民から離れ、政争は激し、命は無残に散った。

諸々《もろもろ》を正し、新たな藩政の場を作り上げてほしい。そう願ったからこそ、父の書状を託した。命懸けで脱藩し、江戸まで上《のぼ》ってきた。

ここまできて、重臣たちと同じ過ちを犯すわけにはいかない。意地ではない。信念だ。父の死が、友の死が教え、導き、鍛《きた》えてくれた人としての在り方だ。

五馬、おまえのような死に方はもう誰にもさせない。見ててくれ。

空を仰《あお》ぐ。

星が瞬《またた》いていた。


重い頭と足を引きずるようにして黒松長屋まで帰ってきた。酔いのせいなのか、考えても考えても確かな答えが摑めないからなのか、心身が気怠《けだる》くてたまらない。早く横になりたかった。

うん？

足が止まる。

黒松長屋は、大家の福太郎が営む口入屋《くちいれや》と搗米屋《つきごめや》に挟まれた路地に建っている。その路地から影が一つ、出てきた。

男だ。

長屋のある路地から男が出てきても不思議ではない。裏長屋という場所には思いの外《ほか》多様な人々が出入りする。住人はもちろんだが、一日中、とくに朝方には振り売りがひっきりなしにやってきた。豆腐、納豆、青菜、魚、蜆《しじみ》に蛤《はまぐり》、卵……。長屋に住み始めたころ、その数の多さに驚いたものだ。長唄《ながうた》の師匠のところには弟子が来るし、祈禱師《きとうし》の許には頼み人が顔を出す。

そう、誰が出てきてもおかしくはないのだ。夜とはいえ、木戸が閉まるにはまだ間がある。しかし……。

搗米屋の軒行灯《のきあんどん》に照らされた横顔に見覚えがあった。

村上保津。あの浪人だ。

藤士郎はとっさに天水桶《てんすいおけ》の陰に身を隠した。

「似ている。似ている……。しかし、別人か……。似ているだけの別人か。いや……」

村上が立ち止まる。天水桶の真横だった。藤士郎は息を潜《ひそ》めた。今、村上を照らしているのは微《かす》かな星明かりだ。それでも、蒼白《あおじろ》い横顔は見て取れた。

背筋に悪寒《おかん》が走った。

村上が薄笑いを浮かべたのだ。星空を見上げ、薄く笑い、呟《つぶや》く。

「どちらでもいい。もう、お仕舞いにしてやる。そうだ、そうだ。何もかも終わりにする」

村上の口から低い笑声《しょうせい》が漏《も》れた。陰気な声だ。低く響き尾を引いて消える。

藤士郎は立ち上がり、村上の背中を見送った。

ざわりざわり。

また、胸がざわめく。

周りの闇が蠢いているようにさえ感じる。

村上は何をしていた？

なぜ、黒松長屋の路地から出てきたのだ？

何をお仕舞いにするつもりなのだ？

疑念は膨《ふく》らむばかりで、砕《くだ》けてはくれない。どうしてこうも答えの見つからない問いだけが増えていくのか。

ともかく、休むか。

山で迷うのも、思案に暮れるのも同じようなものだ。じたばたせず、まずは体力を温存する。ぐっすり眠れば、何かしら見えてくる道があるかもしれない。

まったく、どこまで気楽にできているのですか。

左京の冷たい物言いが聞こえもしたが、あえて黙殺する。

藤士郎は道を渡り、黒松長屋の木戸を潜《くぐ》った。

「あ、伊吹さま、伊吹さま」

腰高障子《こしだかしょうじ》に手を掛けたとたん、呼び止められた。福太郎が提灯《ちょうちん》を手に近づいてくる。

「これは大家どの。仕事の一件では、多々、世話になった」

「いえいえ、讃岐屋さんには良い人を紹介してくれたと喜ばれておりまして。わたしも、安堵《あんど》したところです。何でも、荷の護衛をお受けになったとか」

「うむ、まあ……。給金が破格だったもので……」

うんうんと、福太郎は頷いた。

「よろしゅうございました。よろしゅうございました。定まった金子《きんす》が入ってくれば、暮らしも定まるというものです」

「これも大家どののおかげだ。かたじけない」

頭を下げると、福太郎は手をはたはたと横に振った。

「とんでもない。わたしは口入屋です。仕事をしただけですよ。お店と人がうまく結びつくのがこの仕事の甲斐《かい》というもの。何よりです。あ、それで、伊吹さま、実は折り入ってお願いがございまして」

「何でござろう」

「お代のことなのですが。実は、嫁入り話が持ち上がりましてな」

「嫁入り？　お代が嫁に行くのか」

「行くと決まったわけではございません。あ、立ち話も何ですから、ちょっと手前のところにお寄りいただけませんか」

正直、一刻も早く横になりたかった。しかし、福太郎に請《こ》われ、しかもお代の嫁入り話が絡《から》んでいるとなると無下《むげ》にはできない。

誘われるままに、座敷に上がり込む。

そこは、こざっぱりと気持ちよく片付いた小部屋だった。

福太郎は今まで一度も所帯を持たず、独り身を通している。

「独りの淋《さび》しさより安気《あんき》さの方が勝《まさ》っておりましてねえ。気が付けばこの歳《とし》になってしまいました。今更、嫁など面倒くさいばかりです。もっとも、こんな爺《じじい》、女の方で相手にしてくれませんがねえ」

尋ねもしないのに福太郎は、我が身についてあれこれとしゃべった。しゃべりながら、茶を淹《い》れてくれる。手際がいい。この手際のよさも、きっちり片付いた部屋も福太郎が独り身を快《こころよ》く過ごしている証《あかし》のようだ。

「わたしの親は愛宕《あたご》神社前に茶店を出しておりました。愛宕神社はご存じですかな。曲垣平九郎《まがきへいくろう》の講釈で知られる男坂《おとこざか》の石段があります」

「はあ、家光《いえみつ》公に手折《たお》った梅を献上したという……」

「それそれ、『寛永三馬術《かんえいさんばじゅつ》』ですよ。あれはよろしいですなあ。講釈を聴いているとわくわくいたします」

「はあ、でしょうか」

講釈を聴いたことは一度もなかったし、愛宕神社に詣《もう》でたこともなかった。何となく居心地が悪い。それは講釈や愛宕山を知らないためではなく、福太郎がいつにも増して饒舌《じょうぜつ》だからだ。まるで、身の上話を伝えたくて藤士郎を呼び入れたかのようだ。

「いや、講釈はおいといて、わたしの父母は、そりゃあもう夫婦仲が悪くて。物心ついてから、親の夫婦喧嘩《げんか》ばかりを見せられてきました。いがみ合ってるとしか思えなくてねえ。そんなのだから店も上手《うま》くいくはずがなく、わたしが十《とお》の年に潰《つぶ》れてしまいましたよ。父親は借金を残して雲隠れしてしまうし、母親は酒浸《びた》りになったあげく、酒毒《しゅどく》が因《もと》で亡くなるしで酷《ひど》いものですよ」

似たような話をお代も口にしていた。酒に呑み込まれ、命を縮めた母親の身の上だ。

「まあ、いろいろ苦労しても、今はこうして気楽に暮らせておりますから、良しとしなければなりませんがねえ。さあ、どうぞ」

大振りの湯呑が膝《ひざ》の前に置かれた。たっぷりの茶が入っている。薄緑の爽《さわ》やかな色合いと香りに心が緩む。

「しかし、わたしが独り身でいるのと、店子《たなこ》の嫁入りの世話をするのはまた別ですからなあ」

「お代に嫁入りの話が持ち上がったわけですね」

「はい、そうなのですよ。それもかなり上等の」

福太郎が膝を進める。

「お代は相生町《あいおいちょう》の小料理屋に仲居として通っておりましてね。あ、いつもというわけじゃありません。忙しくて手の足らぬときだけです。家にはやっと褓褓《むつき》がとれたばかりの妹もおりますから、そうそう家を空けるわけにもいかないのですよ。いや、あの娘もなかなかに苦労人でして」

「まさに」

賑《にぎ》やかで、陽気で、蓮《はす》っ葉《ぱ》な江戸の娘は、両肩に食い込む重荷を背負って生きている。

「その小料理屋の常連客の一人が、お代を見初《みそ》めましてね。それが深川元町《もとちょう》の蠟燭《ろうそく》問屋のご主人でしてね」

「ほう、一軒を構えている御仁《ごじん》か」

「はいはい、それもなかなかの身代でございますよ。大店《おおだな》とは呼べませんが中堅どころの店構えです。この話がうまく進めば、お代は表店のお内儀《ないぎ》に納まることができるわけです」

「なるほど」

何の思案をしなくとも、白い飯が食べられる暮らし。明日の米を心配しなくてすむ日々。それが望みだとお代は言った。

だとしたら、望みが叶《かな》う機会がここにあるわけだ。

「ただ、主人というのが三十半ばでお代とは二十ばかり年が離れております。三年前に先妻に死に別れたとか。でもまあ、夫婦の間で、その程度の年の開きは世間にはざらにあること。先妻との間に子がいたわけではなく、小難しい舅《しゅうと》、姑《しゅうとめ》もおりません。お代にとっては、この上ない良縁だと思うのですが」

そこで、福太郎は少しばかり口元を歪《ゆが》めた。困り果てたとも、腹に据えかねているとも取れる表情だ。

「肝心のお代が首を縦に振らないのですよ」

「縁談が嫌だと言うわけか」

「ええ、父親や妹を置いていくわけにはいかないと言い張りましてねえ。父親の方は乗り気で、こんな良い話を棒に振る馬鹿がどこにいる。自分たちのことは気にせず嫁にいけと宥《なだ》めも、叱りも、説教もしたのですが、お代は頑《がん》として聞き入れず、ついさっきもそれで親子喧嘩を始めまして、わたしが慌《あわ》てて止めに入ったという始末です。これも大家の役目とはいえ、どたばた走り回って息が切れそうでしたよ。何とかまとめたいと思えばこそなのですが」

どたばた走り回っていた。

その一言が引っかかった。

先刻、路地から出てきた村上の、妙に歪んだ笑みが浮かぶ。

もしや、あれは……。

福太郎が長い息を吐き出した。

「いえ、役目だからではなく、お代のために何とかしたいのですよ」

「しかし、本人が嫌だと言うのに、無理に縁談を進めるのもいかがなものか」

これが武家ならば、親が決めた相手を拒《こば》むのは許されないだろう。美鶴でさえ、今泉家に嫁《か》せとの父の命に従った。けれど、お代は町方の、裏長屋の住人だ。親の言うがまま、意に添わない男に嫁ぐとは思えない。

黒松長屋に住み始めて、藤士郎はその生き方の身軽さに何度も目を見張った。むろん、苦労も悲惨もたっぷりとある。明日の米がないことも、医者にかかる金が工面できないときも、十になるかならずで奉公に出なければならない定めもあるのだ。それでも、人々は己の意思や想いや好悪の情を隠さずぶつけ合い、ぶつかり合い、心意《しんい》に正直に生きていた。

嫌なものは嫌。好きなものは好き。駄目なものは駄目。

はっきり口にし、ときにははっきり口にし過ぎて諍《いさか》いを起こし、泣いて喚《わめ》いて叫ぶ。夫婦で取っ組み合いの喧嘩をし、親子で罵《ののし》り合い、近所同士で言い争う。かと思えば、長屋全部で病人の世話をしたり赤ん坊の面倒を見る。なけなしの金子を餞別《せんべつ》に渡したり、一組しかない夜具を病人に貸してやったりもするのだ。

人とはこんなにも己に忠実に生きられるものなのか。

そう驚きも戸惑《とまど》いもした。どこか爽快にも感じた。

お代は長屋の娘だ。己の心で、己の伴侶《はんりょ》を選ぶのではないか。

藤士郎は思ったままを福太郎に告げた。

「どんなに良縁であろうと、お代の気持ちが動かぬのであれば、無理強《じ》いはできますまい」

「はあ、おっしゃる通りですが」

ちらり。

福太郎が妙な眼つきを藤士郎に向けた。

「うん？　何か？」

「いや……、これは、わたしの邪推《じゃすい》でしかないので、もし伊吹さまのお気に障《さわ》りましたらご容赦《ようしゃ》ください」

歯に衣《きぬ》を着せたような物言いだった。

「何でござる？」

ほんの少しだが眉《まゆ》を顰《ひそ》めてみる。

「はあ、実は伊吹さまが事由《じゆう》ではないかと思いまして」

「は？」

「ですからね、お代は伊吹さまを慕《しと》うておるのですよ。そういう方がいるのに嫁に行く気には到底ならない。それが本当のところではないでしょうかねえ」

「おれが……いや、それはちょっと……」

「考えられませんか」

「考えたこともない」

「伊吹さま」

福太郎がさらににじり寄る。

「お代のことをどのように思うておられるのですかな」

「え？　どうとは？」

「お代のことを女子《おなご》として見ておられるのですか」

返答に詰まった。

お代は好ましい。

真っ直ぐな気性が好きだ。優雅や慎《つつし》みとはほど遠くはあるが、その分、自分を包み隠さない。陰に籠《こも》らず、生き生きとして明るい。好ましい。けれど、それは恋慕《れんぼ》とは別の情だ。強いて言えば、妹や年下の従妹《いとこ》に対する情愛に近いかもしれない。

「なるほど、そのおつもりはないようですね」

福太郎が顎を引く。

「実は、わたしが懸念《けねん》しておりますのはそこなのですよ。伊吹さまをいくら慕うても、お代の気持ちは叶えられない。叶えられない気持ちのために、願ってもない良い縁談を棒に振ってしまうのは、ちょっと惜《お》しい気がするのです」

「大家どの、しかし」

「あ、いやいや、伊吹さまには何の落ち度もございません。よく、わかっております。いくら伊吹さまを慕うても詮無《せんな》いことと、お代もわかってはおるのです。ただ、慕うて詮無い相手が近くにいるというのは、なかなかに辛《つら》いだろうとは思いますが」

遠回しに黒松長屋を出ていけと仄《ほの》めかしているのだろうか。

藤士郎の心内《しんない》を察したのか、福太郎が手を横に振った。

「あ、違いますぞ。伊吹さまに出ていけなどと申しているのではありません。ただ、その……。伊吹さまは、いずれは黒松長屋を出ていかれるおつもりでしょう。ずっと、江戸におられる気はないのではありませんか」

これも返事ができない。

正直に答えれば、その通りだ。

いずれ、天羽に帰る。どういう形での帰郷となるか、帰って後《のち》、どう生きていくか。そこまで見据えているわけではないし、見定めることもできない。

けれど、帰る。

帰って父とも五馬とも違う生き方を貫く。帰るところも生きる場所も天羽の地しかない。

「伊吹さまは、どういう経緯《いきさつ》で江戸に出てこられました」

福太郎の声音《こわね》が低くなる。思わず、その福相を見返していた。

江戸に出てきた経緯。

福太郎から問われたのは初めてだ。

「いえ、詮索する気は毛頭ありません。江戸に流れてくる者は、多かれ少なかれ何かの重荷を背負うておりますから。ただ、伊吹さまは、他のご浪人とはどこか違う気が、ずっとしておりましてなあ。そう……荒《すさ》んだところがないというか、何かしっかりと目途を持って生きておいでのように見受けました」

藤士郎は心内で首を傾《かし》げる。

自分が抱えている様々な想いを〝しっかりとした目途〟と呼んでいいのかどうか、呼べるものなのか迷う。五馬の命を背負っているとだけは言い切れるが、それを重いと感じたことはない。

「もしや、そう遠くない日に江戸を離れるお心積もりなら、わたしにだけはそのことを話していただきたいのですよ。大家として、お代のことも含めていろいろと考えたいとも思いますので。いや、勝手な言い分ですが」

「それも、大家どのの役目でござるか」

「まあ、そうでございますねえ」

大家の職分としては些《いささ》か枠《わく》を超えているように思う。もしかしたら、知りたいのではないだろうか。

伊吹藤士郎という人物が何者で、何のために江戸に来て、いつ、去っていくか。福太郎は知りたいのでは。お代の嫁入り云々《うんぬん》は口実、とまではいかなくてもそれをきっかけとして、藤士郎の本心なり正体なりを明らかにしたかったとは考えられないか。

「大家どのはどうなのです」

反問が口をついた。

「どういう経緯で江戸に来られた」

福太郎の弓なりの眉が吊《つ》り上がった。そうすると、福相が崩れ、意外なほど険《けわ》しい表情が現れる。ただ、それは刹那《せつな》で消えた。

「先ほども申し上げました通り、わたしは愛宕神社の近くで生まれました。来るも行くもございませんよ。ずっと江戸におります」

いつもの福相をさらに緩めて、告げる。

「さようだったな。無礼な問いだった、お詫《わ》び申し上げる」

「いえいえ、詫びていただくほどのものではありませんよ。こちらこそ、あれこれと失礼を申しました。まあ、お代のことはお気になさらずにいてください。また、折々、わたしから話をしてみます」

「それがよろしかろう」

茶を飲み干し、立ち上がる。福太郎が軽く、頭を下げた。

「大家どの」

「はい」

「さっきどたばたと走り回ったと言われたが、提灯を提《さ》げて路地を行き来なさっていたのか」

「は？　ええ、そうでございますよ。明かりが無いと、泥溝板《どぶいた》に足を取られてしまいますので。危なっかしくてねえ。けれど、それがどうかしましたか」

「いや……」

村上は福太郎を見ていたのではないか。闇に隠れて見張っていたのか、提灯の明かりに浮かんだ顔を確かめていたのか。

ふと思った。思っただけで、口にはしなかった。何の拠《よ》り所《どころ》もないからだ。村上が黒松長屋を窺《うかが》っていたと断言できないのだ。

讃岐屋で顔を合わせたとき、それとなく確かめてみるか。

心を定める。ほんの些細《ささい》なことであっても、先の手立てが浮かべば気持ちは楽になるものだ。

藤士郎は家に戻るとすぐに酒の酔いと疲れに引きずり込まれ、眠りに落ちた。

現《うつつ》は甘くない。

こちらの考えたように動くことなど、滅多にない。骨身に染《し》みてわかっていたはずなのに、改めてその実を鼻先に突きつけられればやはりまごついてしまう。

「村上どのが来ない？」

太平の顔を見詰める。見詰められた方は露骨《ろこつ》に眉を寄せながら、

「ええ、このところ、とんと姿を見ておりませんね」

と、あっさり答えた。

讃岐屋の蔵の前で、仕入帳と荷物を照らし合わせていた太平を見つけたのは寸刻

前。村上のことを尋ねると、怪訝《けげん》な顔つきをされた。

「ご浪人たちが押し掛けたとき、交《ま》じっておったでしょう。やはり、顔を出し辛くなったのじゃありませんかねえ。荷運び仕事に出てきたことは、あの日から一度もありませんよ」

「交じっていたわけではあるまい。村上どのは、別に脅《おど》しも暴れもしなかった。ただ、往来に立っていただけだ」

太平は渋面《じゅうめん》を作り、藤士郎を見返してきた。

「村上さまのことが気になるのですか」

「あ、いや、まあな。村上どのがどこに住んでいるか、教えてもらえるか」

「村上さまの居所ですか？　わかりませんね」

太平が首を横に振る。

「前はこの近くの長屋にお住まいでしたが、知らぬ間にいなくなっていたそうですよ。店賃を半年近く払っていなかったようですからね。まあ、世間でいう夜逃げってやつですよ」

「夜逃げ……」

「ええ、随分と貧窮《ひんきゅう》していたようで、うちとしても人助けのつもりで荷運びの仕事を回していたのですがねえ。何一つ報《しら》せないまま雲隠れです。まさに、恩を仇《あだ》で返すってやつですな」

太平の口調に苦々しさが加わる。

「村上どのの生国《しょうごく》はどこだろうか。何故《なにゆえ》、江戸に来たのか。そのあたりはわかるか」

太平の眉がますます寄る。

「伊吹さま、なぜ今更、村上さまのことをそこまで気になさるのです。関わり合いはないでしょう。それとも、何か手前どもの知らぬところで関わりがあったのですか」

探りを入れる眼差《まなざ》しと口調だった。

不快を覚える。

「別に関わりなどない。ただ、気になっただけだ」

わざとぶっきらぼうに言い放ってみたが、太平の眼つきも口調も変わらなかった。

「そうですか。でも、老婆心から申し上げますと、ああいうお方には近づかないのが得策ですよ。あの方は、もう這《は》い上がれないと、そんな気がいたします」

「這い上がれない？」

「はい。町人風情《ふぜい》が何を小癪《こしゃく》などご立腹になるかもしれませんがね、手前どもには見えるものなんですよ。その人が、どこまで堕《お》ちているかがね。それを見極めないと、人は雇えませんので。いえ、何もお武家さまに限ったことじゃありませんよ。町人だって堕ちるところまで堕ちてしまった者はたんとおります。けれど、這い上がる見込みというのは、お武家より町人の方があるのです」

「それはまた、なぜだ」

身を乗り出していた。

おもしろい。太平の話に興《きょう》が湧《わ》く。

「それは……そうですねえ。手前どもにはわかりかねるところもありますが、お武家の方が荒みようは深いように思われます」

「だから、それはなぜなのだ」

太平の首が傾く。

「はてさて、どう言えばよろしいのか。堕《お》ち代《しろ》がないからでしょうかねえ」

「堕ち代？　聞きなれぬ言葉だが」

「はあ、でしょうねえ。今、何となく浮かんだのですから。まあ言い換えれば、ぎりぎりではなくて多少の余裕みたいなものでしょうか」

「どうも、よくわからんが」

藤士郎も首を傾げる。太平は苦笑いを浮かべた。師匠が出来の悪い弟子に向ける笑みに、似ていなくもない。

「例えばわたしが何か粗相《そそう》をして、讃岐屋を辞めざるを得なくなったとします。まあ、粗相など滅多にいたしませんが」

そこで、太平は胸を張った。主人の片腕として働いているという誇負《こふ》をあからさまにひけらかしている。子どもが己の腕力や珍しい玩具《おもちゃ》を見せびらかして得意になるのと同じだ。

存外、子どもっぽいのだな。

笑いを呑み込んで、藤士郎は真面目な顔つきを崩さぬよう奥歯を嚙み締めた。

「わたしは自棄《やけ》になります。落胆も悲観もします。当然ですよね。今まで積み上げてきたものが、たった一つのしくじりで、崩れてしまうのですから」

「然《さ》もありなん」

同意を表すために、深く頷く。

「落ち込みますし、酒に溺《おぼ》れるかもしれません。でも、どこかで立ち直ります。生きるための糧《かて》を手に入れなければなりませんでしょう。それで、わたしは下駄屋《げたや》でも損《そん》料屋《りょうや》でも、ともかく選《え》り好みせずに奉公いたします。もしかしたら、棒手振《ぼてふ》りになるかもしれません。どちらにしても、薪炭《しんたん》屋の手代《てだい》でなくなっても生きる道はあるわけです」

藤士郎は組んでいた腕を解《ほど》いた。太平の言わんとするところが、少しずつ見えてきたのだ。

「その道が武士にはないと言うわけか」

「ないわけではありません。ここは江戸です。その気になれば道など幾らでも見つけられます。ところが、大抵のお武家さまはそれをしない。自分は飽くまで武士であって、糊口《ここう》を凌《しの》ぐために荷運びや道造りの仕事をするに過ぎないと言うのです。つまり、お武家であるところから一歩も出てこないし、半歩も変わろうとしない。新たな道を見つけようとしない。これでは駄目です」

〝駄目〟を身体で表すかのように、太平は口を歪め、かぶりを振った。

「ご浪人になったということは商人が店を失ったようなもの。前の職に拘《こだわ》らず、新たな道、新しい仕事を見つけるべきなのですよ。大半のお武家さまはそれをなさらない。いつまでもお武家であろうとする。だから、二度と元の場所に戻れないと悟ったとき打ちのめされてしまうのです。立ち直る気力を根こそぎ奪われてねえ」

「立ち直って新たな道を探れないから、堕ちてしまうわけか」

「はい、その通りです。縛られ過ぎて身動きができない。だから、岩と同じ、坂道を転がるしかなくなるんです」

口の中の唾《つば》を呑み込んで、太平は自分の頬《ほお》を二度、三度叩《たた》いた。

「しゃべり過ぎましたな。伊吹さまには失礼が過ぎましたかね」

「いや、なかなかに心に響いた」

本音だった。

本分を守る。誇りを貫く。潔《いさぎよ》く定めを受け入れる。武士として生まれたからには武士としての死を選ぶ。

美徳として身に染み込んでいる。しかし、町人からすれば縛《いまし》めとも目に映るのか。

太平の言うことが全て正しいとは思わないが、全て的外れでもない気がする。息が詰まるようにも感じた。

「でもまあ、伊吹さまは大丈夫ですよ」

太平が笑顔になる。苦笑でも冷笑でもない、柔らかな笑みだ。

「身軽ですからね。そんなに凝《こ》り固まった感じがしません。柘植さまは……底が深くて、手前にはよく見通せないのですが、伊吹さまはわかり易《やす》い。底が見えて安心できます」

「それは、褒《ほ》めているのか？」

「むろん、褒めております。澄んだ水でないと底は見えませんから。つまり、それほど純な証でしょうよ」

上手いことを言うと感心してしまう。しかし、純であることと底が透けて見えるのは別物だろうとも思う。

「手代さん、番頭さんが店でお呼びです」

小僧が息を弾《はず》ませて走って来た。

「わかったよ。すぐに行きます」

錠前を閉じ歩き出したが、太平はすぐに足を止めた。

「そう言えば、村上さまは人を捜しておられたようですよ」

「人捜しを？」

「はい。もう十年近く人を捜していてそのために江戸に出てきたとか、ちらりと小耳にはさみましたが。真偽のほどは定かではございませんがねえ」

「それはどういう類《たぐい》の人捜しなのだ」

「わかりませんよ。ちょっと耳に入っただけなんですから」

「手代さん、手代さん」

「はいはい、わかった、わかった。急《せ》かさなくてもいいから」

太平が行ってしまうと、蔵の前は静まり返った。よく晴れた心地よい一日で、温かな日差しが辺りに満ちている。遠くで山鳩《やまばと》が鳴いている。穏《おだ》やかな上にも穏やかな光景だ。にもかかわらず、気は晴れない。碧空《へきくう》の美しさにも、煌《きら》めく光にも、鮮《あざ》やかな苔《こけ》の色にも沸き立たないのだ。ただ、安堵した一面もある。

福太郎はすでに十五年近く黒松長屋の大家を務めている。さらにその前から加治屋の主人だったとか。お代から聞いた覚えがあった。とすれば、村上の捜している人物と福太郎は別だ。二十年前から福太郎は福太郎として黒松長屋の傍にいた。十年前に村上と何らかの出会いがあったとは考えられないし、よしんばあったとしても、捜し続ける要はないわけだ。

やはり、たまたまだったのか。

たまたま村上を見つけてしまい、あらぬ思案を巡らせているだけなのか。

ばさばさばさ。

不意に羽音が響いた。

蔵の横手に生えた桜の樹から鳥が飛び立つ。力強く羽ばたきながら、天へと昇っていった。

その飛翔に目を奪われる。天翔《あまか》けるものに憧れる。それでも、人は人。鳥にはなれない。地に足をつけて生きるしかないのだ。

藤士郎は両足を踏み締める。

堕ちるところまで堕ちる前に踏みとどまり、地の上で生きる。それは存外容易いのか、途方もなく至難なのか。

空を見上げる。

鳥はもう影さえなかった。

何事もなく五日あまりが過ぎた。

その間に二度、荷の警護をした。二度とも運び込む先は、天羽藩とは関わりのない市井《しせい》の、けれど大尽《だいじん》の屋敷だった。讃岐屋はかなり手広く商《あきな》いを回している。人の出入りも多く、店内はいつも炭の匂《にお》いと生き生きとした雰囲気に満たされていた。

居心地は悪くない。むしろ、心地よいと感じる折が、度々あった。ただ、警護の役目がないときはかなり手持ち無沙汰《ぶさた》となる。

昨日もこれといった仕事はなかった。今日も、あてがわれた座敷に日がな一日座っているだけで暮れてしまいそうだ。

左京はむっつりと黙り込み、壁にもたれて目を閉じている。一見眠っているようだが、この男が人前で寝入ることなどあるわけがない。一人にしておいてくれと告げられているようで、声をかけるのも憚《はばか》られた。

何事もないとはつまり平穏であることだ。誰の血も流れず、流さず過ぎていく一日は貴《とうと》い。わかっているつもりだ。平穏な日々がどれほどありがたいかわかっている。けれど、何の手も打てぬまま無為に時が過ぎていく。藤士郎たちにとっては、その一面もあるのだった。薪炭の搬入がなければ、藩の下屋敷に足を踏み入れる機会もない。石田と末子の先行きも気になる。お代の縁談も心に引っ掛かっているし、村上の影も完全に拭《ぬぐ》われたわけではない。

頭の中には様々な思案が渦巻《うずま》いているのに、身体は動かせない。座敷に座ったままでいると焦《あせ》りとも不安ともつかない情が突き上げてくる。伊吹の屋敷にいたころならば、竹刀《しない》を手に道場に通い、思う存分汗を流しただろう。いや、そもそも、ここまで出口の見えない成行きに追い込まれたりはしなかった。

思い切り汗を流して忘れられる。忘れても構わない。対峙《たいじ》しているのは、そんな甘い、柔《やわ》な現《うつつ》ではなかった。

それでも、じっと座しているのは耐えられない。

立ち上がり、軽く腕を伸ばす。左京が薄く目を開けた。

「どこに行かれます」

「荷運びでも手伝ってくる。何もせずにいるのも退屈だからな」

「座っているのも我々の仕事です。あまり、勝手なことをなさらない方がいい」

「しかし、手伝いぐらいはしても罰《ばち》はあたるまい」

「あなたが荷を運べば、人足《にんそく》たちの仕事が減ります。もしかしたら、誰か一人が余《あま》されて不用になるかもしれない。あなたのせいで、仕事を失うことになりかねませんぞ。それに」

と、左京は畳《たた》みかける。

「蔵の方に回れば、表で面倒事が起こったときにすぐには駆け付けられないでしょう。本来為すべき仕事が何なのか、お考えなさい」

声音も言い回しもまるで違うのに、美鶴に諭《さと》されている気がした。よく似ている。どこがと指し示しはできないけれど似ている。考えれば、左京は美鶴とは同腹、しかも、双子として同じ日、同じ刻《とき》に生まれたのだ。背中合わせに立っているほど、近しい。似ていて当たり前なのだ。当たり前の事実に今更、目を見張る。

藤士郎は元の場所に腰を下ろした。

「柘植」

「何です」

「どうかしたか？」

壁にもたれたまま、左京が視線だけを向けてくる。

「どうかとは？」

「機嫌が悪い。何か思うところがあるのか」

障子戸がかたりと鳴った。

冷えた風が入り込んでくる。

「わたしの機嫌の良《よ》し悪《あ》しがあなたにわかるのですか」

「うん。何となくな。付き合いも長くなったから、少しはわかるようになった。おぬし、機嫌が悪いと普段よりさらに説教口調になるぞ」

「は？」

「え、気付いてなかったのか。機嫌の度合いによって口振りが違ってくる。まあ、人としては当たり前ではあるが」

左京が顎を引く。唇が僅かに尖《とが》った。その顔つきのまま、横を向く。藤士郎はその傍らににじり寄った。

「どうした、何か心に掛かることがあるのか」

「あなたはないのですか」

逆に問い返された。

「ないわけがない。むしろあり過ぎて、どうしていいかわからん。それが正直なところだ。しかし、おれとは別に、おぬしにはまた新たな思案事が出てきたのではないのか。でなければ、そんなに不機嫌にはならんはずだ」

左京はいつも変わらず、淡々としていた。動じることも騒ぐこともない。凍った湖面のように、表情は冷ややかなままだ。何があっても乱れはしない。と、これまでは思っていた。けれど、このところ左京は左京なりに心の内に動くものがあるのだと察するようになった。凍《い》てついた湖面の下にも、命の営みはある。それと同じだ。気付くか気付かぬか、見ようとするかしないかの違いだけだ。

左京は暫く無言だった。

座敷は静まり、荷下ろしの掛け声が微かに聞き取れる。刻が頬を撫《な》でて過ぎていく。

「わたしは、大変なしくじりをしでかしたかもしれません」

呟きが耳朶《じだ》に触れた。

「しくじり？　おぬしがか」

そこで、左京は吐息を漏らした。この男が、本気でため息をつく様を初めて見た。

藤士郎は身を乗り出した。

「どうしたのだ。いったい、何があった」

「『こうきち屋』です」

「石田どのを連れ込んだ、あの小料理屋か」

「そうです。あそこはお京がよく座敷に呼ばれる店で、料理は折り紙付きでした」

「確かに美味《うま》かった。そうか、おぬしが世話になっている女人は、やはりあの店の馴《な》染《じ》みなのだな。それで、代金があんなに安かったのだな」

「まあ……そうです。代金はさておいても、石田どのをもてなすには向いた場所かと、わたしなりに考えたのですが……」

これほど歯切れの悪い左京も初めての気がする。

胸がざわめく。

「『こうきち屋』に何かあったのか」

「まだ、はっきりとはわかりません。わかっているのは、天羽藩の藩士たちが出入りしているということです」

「そうです」

「まことか」

「間違いありません。調べ始めてからも、何組かの藩士たちが出入りするのを確かめました」

「それは単なる供応とかではないのか。おぬし、前に言っていたではないか。お京という芸者の客に天羽藩士たちがいると。御蔭先生のことも、そこから探ったのだろう」

「そうです。しかし、それは別の店です。天羽藩と関わりのある者が出入りしている店に、わざわざ連れていったりはしません。供応とか仲間内で飲むとかではなく、どこか物々しい気配があり、部屋に入ってから仲居を含め店の者を遠ざける者たちもいたと、これは、仲居から直《じか》に聞きました」

藤士郎はこぶしを握った。

「あの店、妙な気配がしていたが、やはり」

「わたしは、それを感じませんでした」

再び、左京がため息をつく。

「あなたに言われたとき、まさかと思った。あなたの勘違いだろうと。ぬかっておりました。驕《おご》っていたのかもしれない。わたしが感じないのなら、一抹《いちまつ》の怪しさもないと信じ込んでいた」
「そんなに己を責めなくていいのではないか。あれは残滓《ざんし》というか、何となく感じた
に過ぎないのだし」
「慰《なぐさ》めにはなりません。何となくでも、あなたの勘は正しかった。わたしは天羽の
藩士たちが立ち寄る店に、しかも何やら密談を交わす場所に石田どのを招いてしまっ
たわけです。そして、藩主の側室との来《こ》し方《かた》などをしゃべらせてしまった」
「それがとんでもない差し障りになるのか。万が一、誰かに聞かれていたとしても来
し方は来し方。今更、石田どのが咎《とが》められる謂《いわ》れはあるまい。許嫁《いいなずけ》を無理やり奪っ
たのだ、むしろ、非も咎もあるのは殿の方ではないか」
「藤士郎さま、声が大きすぎます。ここも天羽とは所縁《ゆかり》の店。露骨に藩主を誹《そし》ったり
なさらない方がいい」
口をつぐむ。とっさに、外の物音に耳を澄ませた。
「『こうきち屋』に集《つど》う藩士たちとはどういう連中なのだ。人を遠ざけて密談するか
らには、何かを企《くわだ》てているのか」
声を潜めて、問うてみる。左京はかぶりを振った。
「そうとばかりも言い切れません。ただ、胡散臭《うさんくさ》いのは事実ですが。藩邸内も国許も

同じ、権謀術数《けんぼうじゅっすう》が蠢いていても不思議ではない」

　ぞくり。背中に震えが来た。

「柘植、石田どのと会わねばならんぞ」

「はい。わたしもそう思います」

「また、門の前で待ち伏せするか」

「すでに、人を雇って下屋敷を見張らせておりますが、石田どのが出てきた様子はないのです」

「人を雇ってか。相変わらず手回しがいいな」

　左京の肩が僅かに窄《すぼ》められた。

「何年か岡っ引の手下《てか》を務めていた男です。餅《もち》は餅屋と申しますから、見張りはお手の物でしょう。石田どのが出てきたらあとをつけて、居場所を直《す》ぐ報せるように命じてはおりますが、いまだに、音沙汰がありません。ただ、このところ人の出入りそのものは多くなっているようです。植木屋や経師屋《きょうじゃ》、それに掃除に雇われた者たちもいるとか」

「屋敷内を掃除せねばならぬわけか。それは、殿がお出ましになるということだな」

　左京が頷いた。

「おそらく。となれば、側用人《そばようにん》である四谷どのも一緒でしょう」

藩邸内が動く。

下屋敷に置いた側室の許に、藩主が通う。奇異でも何でもない。当たり前の事柄であればあるほど隠れ蓑《みの》として使い易いだろう。

屋敷の奥で藩主を交えての密談が行われる……とは、考えられないか。

「何としても、屋敷内に入り込まねばならんな」

「その通りです。ただ、讃岐屋としては当分、下屋敷への出入りはないそうです」

「とすればやはり、石田どのを頼るしかないか」

「無理やりに忍び込むという手もありますが、これは文字通り命懸けになります。些か割に合いません」

「割に合う、合わないの話か」

「書状の行方を知り、藩政の行く末を確かめる。その目途のために命を差し出す気はさらさらありません」

「おれだって、ない。生きていればこそ、行く末を見定められる」

「良いお心掛けかと存じます」

藤士郎は瞬きし、左京を見詰めた。

「そうか、おぬし、おれにとことん付き合ってくれているのだな」

「は？」

「おれが無駄に命を落とさぬように守ってくれているわけだ」

「いえ、それは藤士郎さまのお考え違いです。前にも申し上げました。あなたに万一のことがあれば、それを美鶴さまにお報せしなければなりません。でなければ、美鶴さまはいつまでもあなたを待ち続ける。あなたの死を美鶴さまに伝える。それがわたしの役目だと心得ております」

真顔で告げられ、思わず顔を顰《しか》めてしまった。国を出る前、同じようなやりとりをしたなと思い出す。

「おれが死ぬと決めつけるのはやめてくれ」

「あなたは後先考えずに動く性質《たち》ですから。もう少し慎重にならねば生き延びられませんぞ」

「説教はいい。おれは死にはせん。とことん生き延びてやる。そして、天羽の腐った政を根から断ち切る。そう決めたのだ」

「威勢がよいのは結構ですが、現《うつつ》は厳しいですぞ。どう断ち切るか、我らには今のところ手立てがない」

唸《うな》っていた。

どうすればいいか見当がつかない。

「もうしばらく待つしかありません。石田どのさえ、屋敷から出てきてくれれば……」

「何とかなるか」

「何とかするのです。急がなければなりません。『こうきち屋』のことも藩主の屋敷入りのことも懸念に繋がる」

「うむ」

藤士郎は気息を整え、丹田に力を込めた。

黒松長屋に戻るなり、お代が飛び込んできた。ずっと待っていたらしい。声も表情も強張《こわば》っていた。

「藤士郎さん、ちょっといいかい」

「どうした。えらい剣幕だな」

お代が顎を上げる。

「大家さんがあんたを家に呼んだって、今しがた聞いたんだけどさ」

長屋では住人の動向は、たいてい筒抜けになってしまう。隠しようがない。

「大家さん、あんたに何か言ったんだろう」

「ああ、縁談のことを」

慌てて口をつぐんだが、もう遅い。お代の両眼がぎらついた。毛を逆立てた猫のようだ。

「ちくしょう。やっぱり、しゃべりやがったんだ。くそ、あの爺《じじい》め。贋仏《にせぼとけ》みたいな面《つら》をしているくせに、余計なことをべらべらと」

贋仏みたいな面とは言い得て妙だ。藤士郎は噴《ふ》き出しそうになった。が、熱《いき》り立つお代を前にして、笑い出すのはさすがに憚られる。

「あの爺、縁談についてどんなことを言ったんだよ。え？　どうなんだよ」

「いや……、お代、落ち着け。福太郎どのは別に大した話はせなんだぞ。おまえに願ってもない良い嫁入り話があると……それだけだ」

あの娘はあなたを慕うておるのです。そう告げられたとは言えない。言えば、お代はさらに憤《いきどお》るだろうし、さらに傷つく。

「それが、余計なことなんだよ。くそっ、腹が立つ」

お代が入ってきたときと同じ勢いで、出ていこうとする。

「あ、待て、どこに行くつもりだ」

とっさに腕を摑んだ。その柔らかさと細さに、驚く。男とは違う女そのものの腕だった。

「放しな。大家に文句つけてくる。ふざけんなって、怒鳴《どな》らなきゃ気が済まないんだ」

「待て、待てったら。お代、落ち着け。どうして、そんなに腹を立てる。福太郎どのに悪気など一つもないぞ」

「悪気がなきゃあ、何してもいいのかい」

お代が睨《にら》みつけてきた。その目尻から涙が零《こぼ》れる。

え？ 泣いているのか。

お代が腕を引き、ぐすりと洟《はな》をすすり上げた。

「……藤士郎さんには……関わりないだろう。あたいがどこに嫁に行こうと関わりなくて……それをどうして、しゃべっちまうんだよ。あたい……、藤士郎さんに言わないでもらいたかったのに……」

「お代」

涙を流す娘の横顔が、その素振《そぶ》りや物言いとは裏腹に可憐《かれん》に見える。脆《もろ》くて、儚《はかな》くて、泡々《あわあわ》と消えそうにも思える。

「お代、あのな」

あのなの後、言葉に詰まる。

お代が見上げてくる。涙がもう一粒、頬を滑《すべ》った。

「そんな風に泣くな」

藤士郎が何とかそう続けたとき、ガタガタと音がした。

立て付けの悪い腰高障子が開いて、頬骨の出た女が顔をのぞかせる。おしずという棒手振りの女房だった。うわさ話が三度の飯より好きな性質《たち》ではあるが、世話好きで面倒見のいい人柄でもあった。

「おや、お邪魔だったかねえ」

おしずがわざとらしく口を窄める。お代が手の甲で涙を拭い、背を向ける。足早に木戸を出ていった。福太郎のところに怒鳴り込むつもりらしい。

「あ、お代、ちょっと待て」

あとを追おうとした藤士郎を、おしずが止める。

「ちょっとちょっと、こっちの用事を先に済ませておくれ」

「用事？　おしずさん、すまないが今は」

「あたしは今から湯屋に行くんですよ。子どもも寝かしつけなきゃいけないし、忙しいんだ。だから、伝えとくよ。さっき、伊吹さんにお客が来たんだ」

「客？　おれに？」

「そう。石田って若いお侍さ」

「石田どのが！」

大きく目を見張ったのが、自分でもわかる。

「それは、いつだ」

おしずが身を退く。それほど、荒々しい声だった。

「ちょいと前さ。でも……留守だと言ったら、待たずに帰っちまったよ。えっと、何かごちゃごちゃ言ってたね。えっと……仕事場に出向くのも気が引けるので、住まいの方に来たが会えなくて残念だとか……。えっと、それから……ああ、そうだ。お礼を言ってたよ。いろいろと世話になってかたじけないと伝えてくれって。それぐらいさ。あたしは待ってたら、もうじき帰ってくるよって」

最後まで聞かなかった。

路地を抜け、表通りに駆け出る。

足を止め、左右を見回す。

既に日は暮れていた。

表店の軒に行灯が灯《とも》り、昼とはまるで違う淡くて妖《あや》しい明かりが辺りを照らしていた。行き交う人々の横顔に濃い影ができ、人の形をした人ならぬ者のように見せる。

石田の姿はない。

藤士郎はともかく、下屋敷に向けて走った。

走りながら石田を捜したが、無駄だった。似たような後ろ姿さえ見つけられない。

息が切れ、足がもつれた。

あっ。

草鞋の鼻緒が切れ、身体がつんのめる。支えようと踏ん張った右足を痛みが貫く。

思わず膝をついていた。

惨《みじ》めさや羞恥《しゅうち》より焦りの方が勝っていた。

胸が騒ぐのだ。ざわめいて、ざわめいて止まらない。

「どうなさったのです」

頭上で冷えた声がした。

顔を上げる。

「柘植……」

縄で結わえた菜物を提げて、左京が立っていた。

「なぜ……ここに……」

息が荒く、うまく声が出せない。

左京とは黒松長屋の手前で別れたばかりだ。

「あなたが血相変えて走っていくのが見えたので、追いかけてきました。あの辻を曲がった八百屋の前です」

「八百屋……」

「ええ、明日の汁の具を買い求めていました。朝餉《あさげ》作りはわたしの役ですので」

こいつ、料理人の真似《まね》までできるのか。

思いはしたが、一瞬で消えた。立ち上がり、何とか息を整える。口の中は乾ききって舌を動かすのが辛かった。

「何かあったのですか」

左京が口元を引き締めた。

「柘植……。石田どのがおれの所に来た」

「え?」

「来たけれど、行き違いで会えなかった」

「伝言は？」

「ない。いや、世話になったと礼を言付けたそうだ」

左京が黙り込む。菜物が縄の先でぶらぶらと揺れた。

「柘植、妙な胸騒ぎがする。すぐに下屋敷に行ってみよう」

「行っても入れません。力尽《ず》くで押し入るわけにはいかない」

「しかし」

「明日、讃岐屋から手札を盗み出しましょう。それを使えば、通用門から入れるかもしれない。あまり望みはありませんが、窮余《きゆうよ》の一策。夜陰《やいん》に紛《まぎ》れて忍び込むより、まだ見込みがある」

夜盗よりコソ泥の方がましだというわけか。

「明日で間に合うだろうか」

「わかりません。しかし、今のところそれしか手が浮かびません」

左京は腰を落とすと、手際よく鼻緒をすげてくれた。

「あ、すまぬ」

「いえ。ともかく、今日のところは引き上げましょう」

「……そうだな」

もう少し早く戻っておれば。

出かかった一言を呑み下す。「もし」や「たられば」を口にしても、虚《むな》しいだけだ。何も変わらない。

左京と連れ立ち、さっき駆け抜けた道をのろのろと歩く。右足はまだ疼《うず》いていた。

「柘植」

「はい」

「おぬしは、このまま江戸で暮らすつもりなのか」

「はい。江戸に根を張るつもりだと申し上げたはずです」

「天羽に帰る気はないと？」

返事はなかった。

おまえにとって天羽とはどういう地なのだ。

この問い言葉も呑み込む。

天羽は故郷だ。母がいて姉がいて友がいる。懐《なつ》かしい風景が広がり、耳に馴染んだ柔らかな俚言《りげん》がある。左京があの地を愛《いと》しもうが憎もうが、藤士郎にはたった一つの帰るべき場所だった。

「では、わたしはここで」

答えを返さぬまま、左京が背を向ける。それが合図だったかのように路地から人が飛び出してきた。藤士郎を見るなり、転ぶように駆け寄ってくる。

「伊吹さん、伊吹さん、大変だ」

おしずだった。両眼を血走らせ、手首から先を激しく上下に動かしている。踊り狂っている風に見えなくもない。

「大家さんのところに、侍が押し入ったんだよう」

「何だと」

「お代ちゃんが、お代ちゃんがやられた。助けて、早く」

おしずがその場にへたり込む。その上を跳び越すようにして、路地に走り込んだ。

福太郎の店は、通りに面した表戸を閉めていた。その代わりのように勝手口が半ば開いている。そこから踏み込んだ途端、藤士郎は息を詰めた。

血の臭《にお》いが鼻を突く。

「お代！」

藤士郎が先日招き入れられた座敷にお代が、うつ伏せに倒れていた。背中が赤く染まっている。抱き起こしたけれど、目を開けようともしなかった。ただ、微かだが息はある。血がさらに濃く臭った。

座敷の隅《すみ》には福太郎が蹲《うずくま》り、身体を細かく震わせていた。そして、その前には……。


「村上、きさまっ」

村上保津が刀身の血糊《ちのり》を拭《ふ》きとり、鞘《さや》に納める。そして、低い笑声を漏らした。

「ふふ、おまえか。よくよく、でしゃばるのが好きだと見える」

「きさま、何故、こんなことを」

「仇討《あだう》ちさ」

村上の唇が薄く捲《めく》れた。その笑みのまま、福太郎に向かい顎をしゃくる。

「こいつは、佐田彦兵衛《さたひこべえ》と言ってな、おれの父親と弟を斬り殺した男だ。斬り殺して藩を出奔《しゅっぽん》した。おれは、十年間、ずっとこいつを追い続けてきたんだ。そして……やっと、見つけた」

「ち、違う」

福太郎が喘《あえ》ぎながら、かぶりを振った。

「わ、わたしはあんたの父親も、佐田彦兵衛なんて人も知らない。ぬ、濡《ぬ》れ衣《ぎぬ》だ。人違いだ」

「その通りだ。大家どのは十年前にはすでに江戸にいた。おまえが追っている相手ではない」

村上がすっと足を引く。

「似ているんだよ、佐田にな」

「何だと」

「耳朶《みみたぶ》が大きく豊頬《ほうきよう》だ。佐田も福相の男だった。一皮剥《む》けば、鬼の性根《しようね》を持っていたがな。酔った席でおれの父親と口論になり、言い負かされた。その腹いせに、夜討ちをかけて父親とたまたま一緒にいた弟を殺したのだ。弟はまだ六つだった。そんな子どもの首を刎《は》ねた。そういう男に、よく似てるんだ。そっくりさ。それで十分ではないか」

「何が十分なのだ。ただ似ているだけで他人を襲ったのか」

にやり。

村上がさらに笑う。

「そうさ。おれは、もううんざりしているんだ。十年だぞ。十年、佐田を追いかけ、捜し続けてきた。藩から永《なが》の暇《いとま》を出され、一年足らずで路銀は底をつき、後は食うや食わずの日々だ。家に一人残った母も貧窮のうちに亡くなったと聞いた。はは、村上の家は滅んだわけだ。佐田を討たずして国に帰れるわけもなく、本懐を遂《と》げたとしても帰る家はない」

「それが大家どのやお代に何の関わりがある」

「何もないさ。ただ、この男が」

村上が蹲る福太郎に向かって顎をしゃくった。

「佐田に似ていた。それだけのことだ。いや、こいつは佐田だ。おれの討つべき敵だ。こいつを斬ればお仕舞いになる。おれの仇討ちは終わる。そうさ、やっと終わるんだ」

村上がけたたましい笑声をあげた。人のものではない。

闇に潜んで人肉を食らう物の怪《もののけ》なら、こんな声で笑うだろう。そう思わせるほど異様に引き攣《つ》れた声だった。

「医者だ、医者がきた」

戸口で誰かが叫んだ。

「柘植」

控えていた左京がするりと前に出る。

「二人を頼む」

「承知」

お代を抱き取る間際、左京が囁《ささや》いた。

「ご油断めさるな」

「ああ」

村上の腕の程は見当がつく。薪《まき》で受けた一撃の手応《てごた》えは、まだ生々しい。藤士郎はゆっくりと鯉口《こいぐち》を切った。

福太郎が低く呻《うめ》く。

「大家どの」

「……だ、大丈夫です。わたしは何とか……」

這《は》って逃げようとする福太郎を背後に庇《かば》い、村上と対峙する。

けけっ。また人ならぬ声が響いた。

「地獄への道連《みちづ》れがまた一人、増えるか。重畳《ちょうじょう》だ」

村上が腰を落とし、柄《つか》に手を掛ける。藤士郎は抜刀《ばっとう》すると同時に足を踏み出した。

刃がしなる。

行灯の明かりに刀身が煌めいた。

風音とともに、身体すれすれを一撃が過《よぎ》っていく。

讃岐屋の庭で一度だけだが、村上の太刀筋《たちすじ》を目の当たりにした。それが生きた。ぎりぎりと見切った間合いで足を止め、刃が過った瞬間、前に出た。

村上は必殺の一刀をかわされ、無残なほど構えを崩している。気合とともに、がら空きになった手首に刀背《みね》を打ち込む。

「うぐっ」

くぐもった叫びとともに、村上の手から刀が落ちた。血の散った畳の上に転がる。

「馬鹿野郎」

藤士郎は怒鳴った。怒りが突き上げてくる。胸の中が焼けつくような怒りだ。

「きさまが誰を怨《うら》もうと、追いかけようと勝手だ。だが、何の罪もない他人を巻き込み傷つけるのは許さん。恥を知れ」

村上が顔を上げる。汗が幾筋も流れていた。苦痛のためか、顔色は蒼白《そうはく》だ。しかし、薄笑いが浮かんでいる。

「……臭ったのさ」

「なに？」

「おまえの後ろで震えている男から……臭ったんだよ。追われる者のびくびくした気配が臭った。顔も佐田によく似ている。だから……そいつでよかったんだ。そいつも、誰かから逃げ回っているのなら、その誰かに代わっておれが討っても……構わんだろう。ふふ」

村上の唇が捲れて、黄ばんだ歯が覗《のぞ》いた。

藤士郎は一瞬、言葉に詰まった。自分もまた、村上と同じ臭い、同じ気配を察していたかもしれない。少なくとも、福太郎の語った生い立ち、愛宕神社近くで生まれ育ったという話を真に受けてはいなかった。どこかずれている。どこか紛《まが》いがあると感じていた。それを無理やり抑え込み、心の片隅に押しやっていただけだ。

藤士郎の背後で福太郎が身じろぎする。左京が足音も立てず、近寄り、福太郎を抱え起こす。抑揚《よくよう》のない声で告げる。

「まもなく役人が来る。身の始末をつけたいなら、ぐずぐずしている暇はないぞ」

村上の両眼からぎらつく光が消えた。口元が引き締まり、意外なほど生真面目な若い表情が現れる。

「おれに……身を処す機会をくれるのか」

「よろしいですね、藤士郎さま」

藤士郎は刀を鞘に納めた。

「行け」

村上が束の間、目を閉じた。深々と頭を下げる。左手で刀を拾い、提げたまま裏口から出ていった。やじ馬たちが悲鳴を上げる。

村上の後ろ姿が闇に呑み込まれていく。

その様を見届け、藤士郎も目を閉じていた。


「さようです、わたしめも、もと武士でございました」

福太郎が弱々しい声で言った。

肩から手首まで晒《さらし》が巻かれている。浅くはないが、命取りになるほどの深手ではないと医者は診《み》たてた。膿《う》みさえしなければ、一月《ひとつき》ほどで完治するだろうと。

お代はそうはいかなかった。息はしているものの、目覚めない。呼びかけても睫毛《まつげ》一本、動かさなかった。

「血がかなり流れましたからなあ。このままでは……明日の朝まで、保《も》つかどうか」

医者が語尾を濁《にご》す。お代の父親与平は全身を震わせて黙り込んだ。

夜が明け始めている。

闇が仄かに白《しら》んで、雀《すずめ》の地鳴きが始まった。

取り調べから放免された福太郎が、蒼白い顔で藤士郎を手招きしたのは半刻《はんとき》ほど前だ。左京もいた。騒ぎの事情を聞き取るために、町役人から足止めされていたのだ。

藤士郎は、お代の容態《ようだい》が気にかかり、眠るどころではなかった。

お代の息はまだ、絶えてはいない。弱々しくあるが、ちゃんと続いていた。

祈るしか手立てはない。

お代、生きろ。死ぬな。死んではならんぞ。

心の内で呼びかける。神にでも仏にでも縋《すが》りたい。

「お代には、本当に申し訳ないことに……」

福太郎が俯《うつむ》く。

あの小座敷だった。香《こう》を濃く焚《た》いているのは、血の臭いを紛らわすためなのか、福太郎が心を落ち着かせたいがためなのか。

「あの侍が押し入ってきたとき、たまたま、座敷の戸口近くに立っていたのですよ。縁談のことでひどく腹を立てておりました。伊吹さまに余計なことを吹聴《ふいちょう》したとわたしを責めて……、何とか宥めていた最中のことでした。お代も気が昂《たかぶ》っていたのか、剣呑な気配に大声を上げてしまって……、それが、あの侍を余計に苛立《いらだ》たせてしまったようで、逃げようとしたお代は……」

福太郎が身を縮める。この数刻で、げっそりと窶《やつ》れてしまった。その窶れ顔を上げ、藤士郎に向ける。そして、もと武士だったと打ち明けた。口調は弱々しく掠《かす》れてはいたが、全てを告げようとする意は確かに伝わってきた。

「あの村上という武士の眼は間違っておりませんでした。わたしも脱藩し、逃げ回った末に江戸に辿《たど》り着いた者です」

「では、仇討ちのために大家どのを追う者がいるのか」

「……わかりません」

「わからぬと？」

藤士郎は眉を顰めた。

「はい。わたしは、誰かを殺して出奔したわけではないのです。わたしは……藩の金に手を付けました」

左京と顔を見合わせる。

「わたしは、さる藩の勘定方《かんじょうかた》の役人をしておりました。詳細は省きますが、上役が五年余も藩金を着服していたのです。その手先としてわたしとわたしの同僚が使われておりました。勘定方帳面の改竄《かいざん》を、言いつけられるがままに為しておったのです。その罪が明るみに出そうになったとき、我らは遁走《とんそう》いたしました。逃げなければ腹を切らねばなりませんでしたから。その際に、相当の金子を……上役が貯《た》め込んでいた金を持ち逃げしたのです。ええ、相当の額でございましたよ。その後、上役がどうなったのか、我らに追手がかけられたのか、わかりません。上役は、おそらく自害して果てたでしょうが……」

「あなたはその金を懐《ふところ》に江戸に出てきた。そして、元手にして店を開いたわけですか」

左京がさらりと口を挟む。そうですと、福太郎は首肯《しゅこう》した。

「出奔し江戸に着いたそのときから、武士は捨てるつもりでおりました。身を隠すつもりも、もちろんありましたが、武士という身分そのものに倦《う》み、疲れてもおったのです。我らは江戸でそれぞれ商人となり、今日まで何とかやってきました。上手くいった方だと思います。このごろではもう、わたしは自分が根っからの商人のような気になっておりましたよ。けれど……やはり、身に染みついた臭いは取れるものではないのですねえ。逃《のが》れられるものではない……。ええ、確かにわたしは怯《おび》えておりましたよ。いつ、藩からの追手が差し向けられるか、上役の身内が現れるかと……、心休まる日はなかった気がします。しかし、まさかこんな災《わざわ》いになるとは、お代を巻き込んで、こんなことになるなんて」

一息に話し、福太郎は俯いた。肥《こ》えた身体が一回り縮んだように見える。

「もしかしたら、おれのことも追手だと疑っていたのか」

黒松長屋の前で感じた射るような視線を今さらながら思い起こす。

「疑っていたわけではありません。伊吹さまをただのご浪人だとも思えなかったのです。正体が摑めないというか……。それなら、目の届くところにいてもらおうと考えました。一月もせぬ間に、お人柄はわかりましたが、それでも用心はしておりましたよ。用心深さというものが、いつの間にか習い性になっていたようです」

「讃岐屋の仕事を回したのも、おれを見定めるためだった？」

「はい」

拍子抜けするほどあっさりと福太郎は認めた。

「とすれば、ともに出奔した同僚というのは……」

「ええ、讃岐屋の主人です。わたしより商才があったようで、一代であそこまでの身代を作り上げました」

再び、左京と視線を絡ませる。左京はすぐに横をむき、目を半ば閉じた。何かを思案している風だ。

「大家どの」

藤士郎は、膝を進めた。

「これから、どうするおつもりだ」

福太郎の肩が一度だけ上下に動いた。

「わたしは……このまま、口入屋加治屋の主人、そして黒松長屋の大家でおりたいと望んでおります」

血の気のない福相の中で、目尻の垂《た》れた両眼が瞬く。

「この一件、血迷った浪人者の狼藉《ろうぜき》ということで片が付くようです。わたしの前身に疑念を持つ者はおりません。だとしたら、このままと望むのは虫がよすぎるでしょうか」

藤士郎は一息を呑み下した。ゆっくりと首を振る。

「この件について、大家どのには何の落ち度も罪もない。ただ、巻き込まれたお代が哀れでならないのだ」

「……お代にどのように償《つぐな》えばよいか……、ともかく、お医者さまに能《あた》う限りの手立てを尽くしてもらいます。それだけが今のわたしにできることですので」

「よろしくお願い申す」

頭を下げる。福太郎が音を立てて、息を吸い込んだ。

「おやめください、伊吹さま。あなたは、わたしの命の恩人です。あなたが駆け付けてくれなければ、わたしはあの浪人に斬り捨てられておりました。あなたと……お代がわたしの命を救ってくれたのです」

お代を先に斬ったことで、福太郎への攻撃が遅れた。時が稼げたのだ。が、さすがにそこまでは口にできない。「命の恩人です」とだけ福太郎は繰り返した。

「命を助けたから、全てを話してくださったのか」

尋ねる。

「それも……あります。あなたに隠し通しておけないと思いました。それに」

福太郎が丸い顎を上げる。

「それに、誰かにしゃべりたかったのかもしれません。胸の内に抱えたものを吐き出したいと……、吐き出してやっと、江戸の商人になれるのではと、そんな気がしておったのです。正直、全てを聞いていただいて、ほっとしております。ここからもう一度、やり直せる。そう考えるのも身勝手ではありますが」

「いや、そうなさるのがいい。そうしなければならぬと思いますぞ」

来し方がどうあれ、福太郎は既にこの地に根を張り、生きている。その根を断ち切ることが償いになるわけもない。むしろ、さらに太く長く伸ばし、懸命に生きていくしか道はなかろう。

「大家どの、一つ、お尋ねしたい」

これもさりげなく、左京がやりとりに割って入ってきた。

「何でございましょうか」

「讃岐屋の主人の本名は何と申される」

「は？」

福太郎が左京を凝視《ぎようし》する。

「なぜ、そのようなことを問われます？」

声音に相手を窺う調子が滲《にじ》んだ。

「入用だからです。讃岐屋の主人の力を借りたいことが、一つある」

「柘植、おい、まさか」

思わず腰を浮かせていた。

「ええ、讃岐屋の主人なら下屋敷に入る手立てがあるでしょう。何とか助力を請いたいではありませんか」

藩金を着服して出奔。今、語られた話を種に力尽くでもこちらの意を通してもらう。助力を請うというより脅しに近い。いつもなら止めも抗《あらが》いもしただろうが、今はむしろ胸が逸《はや》った。

そうか、その手が出てきたか。

「あの、何の話でしょうか。下屋敷とは？」

福太郎が、今度は正面から尋ねてきた。

「大家どの。我らにも我らの事情がある。それを手短にお話しする」

札を隠し、事を進める余裕はない。

藤士郎は天羽での出来事をできる限り簡略に伝えた。

福太郎はほとんど瞬きもせぬまま、耳を傾けている。

座敷の闇は、いつの間にか追い払われ隅々《すみずみ》まで白んでいた。

朝が来たのだ。

「堂村徳三郎《どうむらとくさぶろう》。それが本名だそうですね」

左京が切り出したとたん、讃岐屋徳之助の頬が強張った。

讃岐屋の奥まった一室。

昨夜の黒松長屋の騒ぎについて報せたいと告げると、すぐにこの座敷に通された。

太平はいない。主人と藤士郎、左京の三人だけだ。

「いや、気になってしかたなかったのです。店子が一人、斬られたとか。どんな具合なのです」

商人口調でしゃべる徳之助を遮《さえぎ》り、左京はずばりと切り出したのだ。

「何のお話です？」

一瞬で、頬の強張りを消し、徳之助は首を傾げた。

「讃岐屋どの、すまぬが刻がない。まずは、我らの話を聞いてくれ」

藤士郎は急いた口調で、福太郎に伝えたのと同じ話をする。嘘はない。飾りもしない。自分たちがどうして江戸まで上《のぼ》ってきたのか、一通の書状に何を託しているのか、天羽という地をどう変えたいのか。すべてではないが正直にしゃべった。

徳之助は聞いている。

腕組みに正座。福太郎とまったく同じ姿勢で、むっつりと押し黙ったまま、しかし、全てを、藤士郎の一言一句を聞き取ろうとしていた。藤士郎が語り終えた後も、暫くは無言だった。暫くの後、小さく唸った。

「……つまり、わたしの昔を口外しないかわりに、天羽藩下屋敷に潜り込ませろと、そう言うておられるのですな、伊吹さま」

「まあ、そういうことになる」

「お断りします」

徳之助はふんと鼻を鳴らした。

「天羽藩下屋敷は、讃岐屋にとって大切な取引先です。下手をして出入り差し止めなどになったら商いの大痛手となります。そんな、剣呑な橋を渡れるわけがない」

「徳之助どの、そこを何とか」

「駄目ですよ。わたしの昔を吹聴したければどうぞ、好きなようになさい。もう何十年も前のこと。気にかける者などおりませんよ」

「そうだろうか」

左京が薄《うす》らと笑う。

「職人、農民ならいざ知らず。あなたは商人だ。商人がかつて武士であり、藩金に手を付けていた。あまつさえその金を商売の元金としたとなれば、噂《うわさ》は噂に留《とど》まらず、讃岐屋の信用そのものに関わってくるのではないか」

徳之助が顔を顰めた。

「天羽藩にしろ他藩にしろ、武士は何より体面を重んじる。藩を裏切った脱藩者と噂の立った商人の店を、そのまま使うとは考え難いが。いかがかな」

「く……」

「むろん、武家だけではない。他の取引先だとて、藩金着服の罪をどう感じるか。何より、あなたの生国の藩が、噂をきっかけに動き出さないとは言い切れますまい。あなたは気にかける者などいないと言い切ったが、それは本心か？　本心とすれば、些か読みが甘いと思うが」

徳之助の喉元《のどもと》が震えている。

藤士郎は讃岐屋の主人からつい、視線を逸《そ》らしてしまった。

左京の、人を追い込む巧《たく》みさには舌を巻く。辣腕《らつわん》の商人として讃岐屋をここまでにした徳之助さえ、翻弄《ほんろう》されているようだ。

「……わたしが、お二人を屋敷内に入れれば、全てを忘れてくださるのですか」

徳之助が左京を睨みつける。しかし、眼差しに力はなかった。

「むろんだ」

左京が答えると、徳之助は天井を仰いだ。

「わたしも商人ですから、取引先の動きは気にかけております。他の店が上手く入り込んで、讃岐屋に取って代わろうと画策することも珍しくはありませんからな。そういう動きは早めに潰さねばなりません」

唐突な話しぶりに、左京の眉が寄る。さしもの左京も、徳之助の言わんとするところが摑めなかったらしい。

「屋敷内には何人か金で手懐《てなず》けた者がおります。その者から、先刻、報せが届きました」

え、まさか。

心の臓がどくりと大きく鼓動《こどう》を刻《きざ》む。

「詳《くわ》しくはわかりませぬが、屋敷奥で何やら騒動があったもようです」

藤士郎と左京が、ほとんど同時に立ち上がった。

「お座りなさい。一筆、認《したた》めてもらいます」

座したまま、徳之助が見上げてくる。

「今後一切、讃岐屋には関わらぬとの念書をいただきます。それを約束してくださるなら、わたしもそれなりにお助けいたします」

「わかった。何でもする」

藤士郎の答えるのを待って、徳之助は硯《すずり》と筆、紙を調《ととの》えた。

「まったく、浪人などに関わるとろくなことがない」

聞こえよがしに文句を呟く。その物言いが、すっと強張った。

「そういえば、今朝、大川《おおかわ》の河岸《かし》に浪人者と思《おぼ》しき遺体が上がったそうですな」

筆を持つ手が止まった。筆の先から墨が滴《したた》って、紙を汚す。

村上か……。

「太平が耳に入れてきました。喉を掻《か》き切っていたそうですよ。惨《むご》いことです。わたしは、そういう死に方はしたくありません。商人として、畳の上で息を引き取る。江戸に出てきたときに、そう決意したのです」

手首が折れていては腹は切れない。水死体が村上だとしたら、切腹を諦めたのか。武士としての最期をあえて選ばなかったのか。

「伊吹さま、墨で汚れた念書など役に立ちませぬ。初めから書き直してください」

徳之助が尖った声を出す。

その声さえ、生きている証のように胸に響いた。

下屋敷内はひっそりと静まり返っていた。

「こんなに、すんなり入れるとはな」

炭小屋の前で藤士郎は視線を巡らせた。誰の姿もない。屋敷全体が息を潜めているかのようだ。

「金は刀より力がある。そういうことです」

左京が炭の俵を軽く叩いた。

運び込んだ荷の中身が違っているかもしれない。確かめたいと半ば強引に入り込めたのは、讃岐屋の主人自らが出向いてきたのと、門番方に徳之助が手渡した金子のおかげだ。確かに力を発揮してくれた。

「お二人とも、何があっても揉《も》め事を起こさないでくださいましよ。厄介《やっかい》事を起こせば讃岐屋にも累《るい》が及びます」

「むろんだ。徳之助どのに迷惑をかけるような真似はしない」

「もう十分、かけられていますがね」

徳之助が苦り切った顔で肩を竦《すく》めた。そのとき、野太い声がした。

「おい、おまえら何をしている」

小屋の陰から、男が一人、現れた。

「今日は、荷入れはないはずだ。なぜ、こんなところにいる」

水岡だった。

「これはこれは、いいところにいいお方がお出ましになった。格好の人物ですぞ、藤士郎さま」

「だな。飛んで火にいる夏の虫とは、このことだ」

藤士郎と左京は左右から、水岡を挟み込んだ。

「な、なんだ、きさまたち。この前の浪人たちか」

「お静かに。水岡どのにお聞きしたい儀がござる」

藤士郎は低く囁いた。

「石田どのは、今、どこにおられる」

とたん、水岡の顔色が蒼白になった。浅黒い顔からみるみる血の気が引いていく。

「い、石田だと……おまえたち、なぜ……」

水岡の身体が震え出した。額《ひたい》には汗まで噴き出している。

「おい、石田どのに何かあったのか。話せ」

「知らん……おれは、何も知らん……」

摑まれた腕を振り払おうとするのか、水岡が身を捩《よじ》る。その腕も細かく震えていた。

「石田どのは、昨日、おれのところに来た。が、会えなかった。気になるのだ。話せ、話してくれ。石田どのはどこだ」

水岡から不意に力が抜けた。その場にくずおれる。額に汗が滲んでいた。

「……石田は……死んだ」

「なっ」

息を詰める。礫《つぶて》を呑み込んだようだ。喉が痞《つか》える。

「詳しく話せ。教えてくれ。石田どのは殺されたのか」

水岡の肩を揺さぶる。

「……側用人さまに……四谷さまに斬りかかったのだ」

水岡が顔を上げ、藤士郎を見据えてくる。眼が一瞬、二つの暗い穴に感じられた。

「昨夜……殿が、この屋敷に入られた。末子さまのところにお出《い》でになったのだ……。四谷さまもご一緒だった。石田は、奥へと渡る廊下で……四谷どのを……」

「側用人を殺したのか」

「いや。その場で警護の者に斬り殺された。四、五人に囲まれて滅多《めった》斬りだったとか……。遺体は既に、運び出された……らしい」

石田の優し気な笑顔が浮かぶ。

「まさか……そんな」

絶句してしまう。

左京が水岡の前に膝をつき、尋ねた。

「他に知っていることは？」

冷えた声だった。恐ろしいほど冷えている。

「全て話してもらおう。石田どのは、なぜ、側用人を殺そうとした」

「知らぬ。おれは何も……」

「水岡、話せ。拒むなら」

左京は鯉口を切り、柄に手を掛けた。殺気が、紛い物ではない殺気が伝わってくる。水岡の頬にさらに汗が流れた。そこに涙が混ざる。泣いているのだ。

「まさかこんなことに……石田が四谷さまを襲うなどと……考えもしなかった。おれは、だから……だから……」

「石田どのに、末子さまのことを伝えたのか」

水岡が目を剝いた。

「な、なぜそれを」

「鎌をかけただけだ。おそらく、側用人が末子さまを苛《さいな》んでいるとか苦しめているとか、そういう類の話だろう。おぬしはそれを石田どのに伝えるよう命じられた。直近の上役であるおぬしから聞かされれば、石田どのなら容易く信じただろうな。そして、末子さまを救うために……」

「側用人四谷半兵衛を討とうとしたのか」

藤士郎は生唾を呑み下した。喉の痞えはまだ、消えていない。

「三文芝居の筋書きです」

左京は冷えたままの声音で言った。

「しかし、石田どのはそれを信じた。末子さまのことをずっと気にかけていたからです。そこを衝《つ》かれて、物事を沈着に考えられなかった。追い詰められたのです。誰かの手によって追い詰められ、刺客《しかく》に仕立て上げられた」

「……だな。そこに、おれたちも関わっている」

「加担したと言えるかもしれません。石田どのと末子さまの関わり合いを迂闊《うかつ》にしゃべらせてしまった。それが筒抜けになった結末が、これです」

左京が唇を嚙む。

「誰だ。おぬしに命じたのは誰だ」

藤士郎は水岡の胸倉をとり、引きずりあげた。

「……わからん。おれは……突然、奥の間に呼び出されて、そこで……命じられた。金子を渡されて上手くやれと……」

「きさま、金のために石田どのを売ったのか」

「ち、違う。怖かったのだ。金子を受け取らなければ、その場で殺されそうで怖かった。おれは、だから……。そうだ、石田を売った。言われたとおりに末子さまのことを伝えた。けれど、信じてくれ。石田が末子さまのために……あそこまでのことをするなんて……考えもしなかったのだ。おれは……おれは石田に……とんでもないことをした……申し訳ない」

水岡がすすり泣く。

芝居をしている風には見えなかった。

居丈高《いたけだか》で小心者、役目を笠《かさ》に着て横柄で小狡《こずる》い真似をする。水岡は唾棄《だき》すべき相手と思えたが、その底には、人としてまっとうな情が残っていた。他人のために泣くことが、まだ、できるのだ。

「殿は、そして、四谷どのはまだ屋敷内か」

「……と、思う」

「どこまで近づける」

「え？」

「おぬしなら、屋敷の奥にどこまで近づけるかと聞いたのだ」

「そ、そんな……おれのような下《した》っ端《ぱ》が殿のおわす場所に近づけるわけがなかろう」

水岡は左右にかぶりを振った。汗が滴《しずく》になって散る。

「藤士郎さま、お名前を出されますか」

左京が小さく息を吐き出した。

「伊吹の名を出せば藩主は無理でも、側用人あたりまでなら繋がる見込みはあります。斗十郎さまがどういう方か、知り過ぎるほどに知っておるでしょうから」

「うむ」

「敵とみなされる見込みもあるな」

「ええ」

「どれほどだと見込む？」

「五分《ぶ》と五分」

「五分か。なら御の字だ。水岡どの、力を貸していただくぞ」

水岡がよたよたと立ち上がる。

「石田の、石田の無念が晴らせるのか……」

力なく問うてくる。

「わからん。石田どのが屋敷内で刃傷《にんじょう》沙汰《ざた》に及んだのは事実だ。咎が帳消しになることはあるまい。だが、石田どのの心情を伝えることはできる。いや、せねばならんと思う」

藤士郎はこぶしを握った。

ここでも、人は道具として扱われている。五馬と同じだ。命ある人ではなく、ただ使い勝手の良い道具としてみなされ、使い捨てにされる。

おれたちは人なのだ。

人を人として貴ばずして、何のための政か。

伝えねばならない。それが使命だ。

「……わかった」

水岡がふらふらと歩き出す。拒みも抗いもしなかった。

「石田はいいやつだった。おれは……裏切る気などなかった……ただ、怖かった……。怖かったのだ……」

ぶつぶつと呟き続ける。その姿がふっと、村上と重なった。

木々が聳《そび》え、石畳の敷かれた庭を水岡について歩く。

屋敷奥もやはり静かだった。ものものしく警護されているかとも構えていたが番方の数はそう多くなかった。それでも、

「止まれ」

奥庭と表を隔《へだ》てる垣根の前で、槍《やり》を携《たずさ》えた番方二人に止められる。赤ら顔の大兵《だいひょう》と痩《や》せたやけに顔の長い男だった。

「ここから奥へはまかりならん。去《い》ね」

「あ……」

水岡が足を引いた。そのまま、踵《きびす》を返し逃げ出す。止める間も気もなかった。ここまで、案内してくれれば十分だ。水岡がいなければ、行先を探してうろつかねばならなかった。

十分だ。

藤士郎は番方に向かい合い、気息を整えた。

「伊吹藤士郎と申す。四谷さまにお取り次ぎ願いたい」

大兵が眉間《みけん》に皺《しわ》を寄せた。

「は？　何をほざいておる。その身形《みなり》、おぬしら、藩士ではないな。どうやって屋敷内に入ってきた」

「ここであれこれ説く暇はござらん。お頼みする。伊吹の名を四谷さまにお伝えくだされ」

「ふざけるな。曲者《くせもの》が」

「曲者ではない」

藤士郎は腰から大小を外す。

「柘植、預かっておいてくれ」

「承知」

左京は両手で受け取ると、一歩、退《ひ》いた。藤士郎は丸腰で、前に出る。番方の槍先《やりさき》が鈍く光を弾《はじ》いた。冷たい風が頬を撫でる。

「天羽藩元大組組頭《おおくみくみがしら》伊吹斗十郎が一子藤士郎、同じく一子柘植左京でござる。四谷半兵衛さまに御目通りを願いたくまかり越した」

力を込め、名乗る。

大兵が槍を構えた。

「何が大組組頭だ。ふざけたことを言いおって。曲者として成敗する。覚悟しろ」

「おい、待て」

瘦身《そうしん》の男が大兵の手首を押さえた。藤士郎を暫く見詰める。

「伊吹どのと申されたな」

「いかにも」

「側用人さまに、いかがな用か」

「それは……」

一息を吸う。

「御蔭先生にお預けした書状の件でとお伝えくだされ」

「御蔭？」

「御蔭八十雄先生でござる。こちらにご逗留《とうりゅう》のはず。それがしは、天羽藩にて先生の薫陶《くんとう》を受け申した。愛弟子《まなでし》でござる」

愛弟子かどうかは些か怪しい。が、少しばかりのはったりなら許されるだろう。

痩身の男が大兵に何か囁く。それから、顎をしゃくった。〝行け〟の合図だったらしい。大兵は身体付きに似合わぬ敏捷《びんしょう》さで、庭の奥に姿を消した。

ピュル、ピュルルルルル。

ピュル、ピュルルルル。

頭上の梢《こずえ》で鳥が鳴く。

鳥の名は知らないが、愛らしい声だ。

石田は今、どこにいるのだろうかと思う。

遺体はどう処されたのか。埋葬を許されるのか。石田に父はいるのか。母はいるのか。弟は妹は、兄は姉は……。年明けには石田の許に嫁ぐはずだった娘は、何を想っているのか。

「大組組頭のご子息が何故に、ここにおられるのだ」

痩身の男が問うてきた。

「元でござる。父は故あって、役を解かれ自裁して果《は》てた」

「……さようか。ご苦労を重ねられたのだな」

情深い性質《たち》なのだろうか、男は表情を曇らせた。

「お言葉、痛み入りまする」

頭を下げる。

男の労《いたわ》りが身に染みた。天羽に、伊吹の屋敷にいたころなら気付きもしなかった労りだ。

ピーッピーッ、ピピーッ。

突然、長閑《のどか》な鳴き声がけたたましい叫びに変わった。見上げた木々の間から、ゆっくりと風に漂いながら何かが落ちてくる。

一枚、二枚、三枚……。白い花弁とも見紛う羽根だった。その羽根が地に届くより早く、梢の先から影が飛び立った。

小鳥が一羽、猛禽《もうきん》に襲われたのだ。

空は碧《あお》く、どこまでも澄んで美しい。これほどの碧空《へきくう》の下でも弱いものは狩られ、この世から消えていく。

鼓動が乱れる。

お代……。

今、お代が息を引き取ったのではないだろうか。狩られた鳥のように命を散らしたのでは。

こぶしを握る。

不吉なことを考えてはならない。不吉な思案はさらに不吉な事柄を呼び込む。

お代なら大丈夫だ。あの、したたかで強靭《きょうじん》な江戸娘は、容易く敗れたりはしない。

己に言い聞かす。

「藤士郎さま」

いつの間にか、左京がすぐ近くにいた。

「わかっている。こんなときにぼんやりなどするものか」

「いえ、そうではなく」

左京が軽く顎をしゃくった。

大兵が転がるような足取りで駆け戻ってくる。痩身の男に耳打ちすると、ちらりと藤士郎を盗み見た。

「伊吹藤士郎どの、柘植左京どの。お通し申す」

痩身が告げる。

「かたじけない」

「ただし、腰の物はここで預からせていただく」

左京が自分と藤士郎の刀を大兵に渡す。それを見届けて、痩身の男が身体の向きを変えた。その後に続いて、歩き出す。

暫く歩き、廊下に上がる。廊下はすぐに突き当たり、右へと曲がった。曲がった先に無地の襖《ふすまど》戸がある。

「ここで、暫時《ざんじ》、待たれよ」

さほど広くはない。けれど、狭くもない。

床の間も違い棚も設《しつら》えてあるが、花も掛け軸も飾られていない。

そういう座敷だった。

隣室に繋がる襖も無地で、花一本、虫一匹、描かれていなかった。

「質素というより不愛想を感じる部屋だな」

「まあ、大切な客を迎え入れる部屋ではないようです」

「茶の一杯も出そうにないってことか」

「茶が欲しいのですか」

「譬《たと》え話をしているだけだ」

不愛想な部屋だが明かり取りの窓はあった。部屋はほの明るく、窓の障子に鳥の影が過る。畳は新しい。匂うようだった。想いはつい、砂川村の藺草《いぐさ》に及んでいく。

「黒松長屋とは随分と違うものだな」

「え？」

「この屋敷と黒松長屋、同じ江戸にありながらまるで違う」

「当たり前ではないですか。下屋敷とはいえ一国の主《あるじ》の館と裏店《うらだな》が一緒であるわけがない」

「それはそうだが……どっちがいいんだろうな」

「はあ？」

左京の語尾がやや高くなる。

「おぬし、どうして一々、驚くのだ」

「あなたが驚くようなことを言うからです。大名屋敷と裏店を比べてどうするのです」

「比べてはならんのか」

「比べてもしかたないでしょう。まるで異なる世界なのです」

「しかし、おれたちはどちらも知っているではないか。まるで異《い》なわけではあるまい」

　左京が口元を歪め、黙り込んだ。

　微かな風の他に音をたてるものはない。座敷は静かだった。

「何故です」

「うん？」

「さっき、番方にわたしを斗十郎さまの子としてお告げになった」

「え？　不満か」

「不満、不平を申し上げているのではない。わたしは柘植の者です。前にも申し上げましたが、斗十郎さまを父と思うたことは一度もありません。斗十郎さまだとて、わたしを息子と認めてはおられなかった」

「だからといって、おぬしが父上の子である事実は変わるまい」

「ですから、斗十郎さまは認めていなかったのです。それなら」

「父上が認める認めないではない。おぬしの思いも関わりない。事実は事実だ。事の真実は変わらぬ」

　藤士郎は飾る物のない床の間を見据えながら、続けた。

「おぬしが柘植の名を継ぎ、伊吹家との繋がり一切を断ちたいというのなら致し方ない。おれには止められぬ。しかし、おぬしとおれ、そして姉上が同じ父親を持つことまで否《いな》めまい。おれも姉上も、否むつもりはさらさらない」

「しっ」

左京が食指を立てる。

「なんだ、おれは言いたいことを言っているだけで」

「人が来ます」

「え？」

耳を澄ます。確かに足音が聞こえた。

「相変わらず、聡《さと》い耳だな」

「こういうとき、こういう場所では、舌より耳や眼を働かせねばなりません」

「嫌みか」

「あなたに、わたしの嫌みが通用するとは思っておりません」

「それも嫌みに聞こえるな」

「僻《ひが》み心でしょう。みっとものうございますよ」

「なんで、おれがおぬしを僻まねばならんのだ」

足音がはっきりと耳に届いてきた。数人のものだ。それが戸口の前で止まった。

無地の襖が開く。

背の高い、痩せぎすの男が入ってきた。着流しに袖《そで》のない羽織を着込んでいる。いたって、くつろいだ格好だ。

廊下には数人の武士が控えていた。警護のためだろう。殺気とまではいかないが、尖った気配は伝わってくる。

「四谷半兵衛である」

男が名乗った。

この方が？

正直、戸惑う。藩主の側用人として、江戸藩邸に隠然とした力を持ち、国許の重臣たちに恐れられている男。藤士郎は勝手に老獪《ろうかい》な策士の姿を思い描いていた。しかし、目の前にいる四谷半兵衛は穏やかな笑みを浮かべ、まだ若さを残している。しかし……。

この男にどこかで会った。

思い違いではない。確かにどこかで会っている。

小鼻の右に小さな痣《あざ》を見た。その痣が、どこかに思い至らせてくれた。

藤士郎は背筋を真っ直ぐに伸ばした。

「違う。あなたは四谷さまではない」

男が目を剝いた。左京の視線が突き刺さってくる。

「まったくの別人だ」

藤士郎は首を振った。とたん、哄笑《こうしょう》が起こった。からからと響く、乾いた笑声だった。

「戸田《とだ》、そなたの扮装《ふんそう》も底が浅いな。一目で見抜かれてしもうたではないか」

武士たちの間から男が一人、立ち上がった。

小袖に袴《はかま》。腰に太刀は佩《は》いていない。鬢《びん》に白髪が交ざりはするが堂々たる体軀《たいく》の美丈夫だった。戸田と呼ばれた男が平伏する。

「伊吹藤士郎、そして、柘植左京と申したな。わしが、真《まこと》の四谷半兵衛だ」

半兵衛は笑んだまま、上座に座った。

「何故に、このようなお戯《たわむ》れを」

言外に怒りを込めて尋ねる。

「そなたたちが何者か、摑み切れておらぬでのう。うかうかと会うわけにもいかぬ」

「なるほど、特に、昨日はお命を危なくする事態が起こったと聞き及びましたから。ご用心なさるのも、もっともかと察しまする」

左京の一言に、半兵衛が真顔になる。

「なかなかの早耳だのう。いかにも、昨日、賊《ぞく》に襲われた。しかも、この屋敷内でだ」

「その一件、四谷さまはどのようにお考えなのか。お聞かせいただけましょうか」

半兵衛の眉がそれとわかるほど、顰められた。

「控えよ。四谷さまを問い質《ただ》すとは無礼であろう。身分を弁《わきま》えよ」

戸田が一喝《いっかつ》した。

左京が、冷えた笑みを作る。

「わたしは柘植の家の生き残りです。能戸の牢《ろう》屋敷を長く守ってきた者。それが何を意味するか、四谷さまならおわかりでしょう」

能戸の牢屋敷は、藩政に深く関わる罪人たちが送られる場所だった。権力争いに敗れた者、謀叛《むほん》を企てた者、ときの権力者に疎《うと》んじられた者……。罪業の真偽は別として、ことごとくが山深い牢屋敷に収獄され、そこで命を絶った。あるいは、絶たれた。柘植の一族は牢屋敷を守り、罪人たちの最期を見送り、ときに処刑人の役を果たした。天羽藩の闇を一身に引き受けてきたのだ。罪人たちが遺《のこ》した地獄の果てまで抱えていく秘密も、滾《たぎ》る怨念《おんねん》も、無念も、全て知っている。だからこそ、藩主でさえ迂闊に手を出せない一族だった。

「わたしに身分などございません。よくご存じのはず」

　半兵衛が顎を引いた。

「これはまた、厄介なやつが現れたのう。で、柘植、何が言いたい？」

左京がちらりと藤士郎を見やる。そのまま言葉を続ける。

「昨日、刃傷沙汰に及んだ石田どのとは、一度だけ酒を酌《く》み交わした仲でした」

石田と交わした話の中身、それを盗み聞きされたかもしれない危惧《きぐ》、誰かが石田を利用し暗殺者に仕立て上げたのではないかとの疑念。左京は手短に、しかし、要領よく告げた。

「……なるほど。わしを亡き者にしたい誰かが石田とやらを使《つこ》うたわけか。石田が劣情に駆られてわしを斬ったとしても、後ろで操っていた者たちが罪に問われることはないと考えた」

　半兵衛が口元を引き締めた。

「とすれば、国許の重臣たちの仕業《しわざ》であることは明白だ。わしは、殿がお進めになろうとしている藩政の改新を強くお支えする覚悟をしておる。それを阻止せんと、わしの命を狙《ねろ》うたのだろう。戸田」

「はっ」

「由々《ゆゆ》しき事態ぞ。此度《こたび》の一件、黒幕を洗い出さねばならん」

「御意」

そこで藤士郎は息を呑み込んでいた。頭の中で蠢く思案を物の怪のように感じる。恐ろしく、おぞましい。

「畏《おそ》れながら、四谷さまには既に洗い出すべき相手が見えておられるのではありませぬか。さらに言えば、端《はな》から罪人を決めていた。政敵を葬《ほうむ》るためのきっかけにすべく、此度の騒ぎを起こしたと」

「控えい、この戯《たわ》けが」

戸田が声を張り上げ、藤士郎を遮ろうとする。

「おれは、おぬしを知っている」

藤士郎はもう一度、背筋を伸ばした。

「『こうきち屋』の前でおれに飯を恵んでくれようとしたな」

「え……」

「おぬしは物乞いに化け、『こうきち屋』を見張っていた。あの店を政敵の一派が使うからだ。店の内にも間者《かんじゃ》を潜り込ませていたかもしれん。だとしたら、おれたちと石田どのの話を聞いたとしても不思議ではない」

口にしながら、吐き気を覚えた。

天羽も江戸も同じだ。

権力を握らんとする者の欲と策謀が渦巻いている。その臭気に目眩《めまい》さえする。

不意に殺気がぶつかってきた。

廊下からだ。半兵衛の合図一つで、控えている武士たちがなだれ込んでくる。

背筋に冷たい汗が流れた。

「伊吹の書状は貴重なものだった。しかし、まだ不十分でもあったのだ」

半兵衛が淡々とした口調で語り始めた。戸田は立てていた膝をゆっくりと下ろした。殺気が萎《しぼ》んでいく。

「殿の為されようとする藩政改革は、重臣たちを腐った根ごと掘り起こそうとするものだ。筆頭家老も次席家老も同じ穴の貉《むじな》。藩政を壟断《ろうだん》し、我利のために根を腐らせておる輩《やから》だ。によって、この二人を完膚なきまでに叩かねばならん。でなければ、天羽の政は変わらんのだ」

筆頭家老津雲弥兵衛門《つくもやえもん》、次席家老川辺陽典《かわべようてん》、この二人の政争が今、天羽の地に吹き荒れている。その嵐の他に江戸から烈風を送ろうというわけか。根腐れした大樹を風は倒す。しかし、その風そのものは腐臭を放ってはいないのか。天羽の地に新たな正義や秩序をもたらす力を有しているのか。

父の遺した書状には、執政たちと城下豪商の癒着《ゆちゃく》ぶりが記されていた。そして、この側用人襲撃の一件。二つが重なれば、いかな藩政を恣《ほしいまま》にしてきた重臣といえども逃《のが》れようはあるまい。津雲も川辺も、腹を切って果てるしかない。

罠《わな》だ。

幾重にも罠を張り巡らせ、敵を根こそぎにする。

同じだ。やはり、同じだ。天羽も江戸も何一つ、変わらぬ。

「四谷さま、石田どのがどういう思念をもって、あなたさまを襲ったか……むろん、よくわかっておられるのでしょうな」

半兵衛の眉が動いた。それだけだった。

「ならば、僅かでも石田どのにお心を馳せていただきたい」

側用人の表情は、微動だにしなかった。

「殿は明後日、江戸を発《た》ち天羽に向かわれる。むろん、わしもお供する」

半兵衛が静かに立ち上がった。

「伊吹藤士郎、柘植左京。そなたたちにも同行を命じる」

左京が挑むように、顔を上げた。

「嫌だと申せば、どうなさるおつもりですか」

ふふっと半兵衛は笑った。

「どうもせぬ。しかし、ここまで来たのだ。天羽の政が大きく変わる様をその眼で見届けるがよかろう。そのための機会を授けてやろうというのだ。のう、御蔭」

「はっ」

廊下から御蔭八十雄が進み出た。天羽にいたころより白髪は増えたが、やや肥えて若やいで見えた。

「先生」

「藤士郎、久しいのう。よう、ここまで辿り着いた」

八十雄は藤士郎の手を取り、深く頷いた。

「やっと、天羽にも清新な政が始まる。それを見届け、一助ともなろう。わしも四谷さまと共に発つ。天羽に帰り、かの地を豊かに変えていくのだ」

藤士郎はゆっくりと手を引いた。

八十雄は天羽に己の夢とする世界を創り上げたいと望んでいるのだ。しかし、そこに民の暮らしへの眼差しはあるのだろうか。若き藩主の、老獪な側用人の眼は何を捉《とら》えようとしているのか。

「四谷さま」

部屋を出て行こうとする半兵衛を呼び止める。

「お願いしたい儀が一つ、ございます」

「何事だ」

「あなたたちが駒とした者たちを無体に殺さないでいただきたい。石田どのについても然《しか》り。逆徒の手先として処されませぬよう願いたてまつる」

石田の笑みが、水岡の怯えた眼が脳裏に浮かぶ。末子の張り詰めた眸が思い出される。

「おい、伊吹。先ほどから聞いておれば、四谷さまに対し何という口の利《き》きようをするか」

戸田がまた一喝してきた。どれほどのこともない。

「人の命を虫けらのように扱う者に清新な政などできようはずがありませぬ。どうぞ、お忘れなきように」

「小童《こわっぱ》が、利いた風なことをぬかすものだ」

鼻先で嗤い、半兵衛は出ていった。

「よいな、藤士郎。共に帰るのだぞ」

八十雄もいそいそと跡を追った。

ピィーッ、ピィーッ。

鳥がまたけたたましく鳴く。その声が耳に突き刺さる。

藤士郎は一瞬、瞼《まぶた》を伏せた。

なぜか、青々と茂り、天に向けて葉先を突き出す藺草田が見えた。

お代が息を引き取ったのは、その夜のことだった。

藤士郎が長屋に帰るのを待っていたような最期だった。

「お代」

握った指は既に冷たくなっていたが、呼べば、お代は薄らと目を開いた。

「……藤士郎さん……」

「そうだ、わかるか。しっかりしろ」

「……夢、見てた。藤士郎……さんが、生国に……帰る夢……」

お代の息は切れ切れで、やはり冷たかった。

「そうか。では、一緒に行くか」

「……それ……あたいを……お嫁さんに……してくれる……」

「そうだ。お代、おれの嫁になれ。おれの国に来い」

お代の眼が不意に輝いた。生気が輝く。

「嫌だよ。あたいは……江戸で……生きる」

「お代」

「藤士郎さんは……馬鹿だ。憐《あわ》れんで……嫁にしてもらって……何が嬉《うれ》しいもんか。そんなことも……わから……ないなん……て。ば……か……だよ」

お代の眼から光が消えた。

こほりと小さな息を吐いて、全てが動かなくなる。

「お代、お代」

父親と妹が縋りつく。

部屋の隅で福太郎が肩を震わせた。

江戸の夜が屋根の上から明けていく。朝が始まる。

日の光が空に金色《こんじき》の帯を作り、雀たちが鳴き交わす。

「なぜ、帰る気になった」

旅姿で隣に立つ左京に尋ねる。

「途中で口封じにあなたが殺されるかもしれないと、考えたからです」

「おれを守ってくれるのか」

「あなたの遺髪なりと、美鶴さまにお届けせねばなりません。何度も申し上げたはずですが」

「ったく、素直じゃないな」

わざと舌打ちの音を響かせる。

お京という女のことを尋ねたかったが、止《や》めた。薄く笑われるだけだ。

左京が明けていく空を仰ぎ、藤士郎を促した。

「参りましょうか」

「ああ、行こう」

藤士郎も空を見上げる。

藤士郎さんは馬鹿だ。

お代が明け空で笑っていた。

夜が明ける。

淡い光が、歩き始めた若者たちを包もうとしていた。

（本書は平成三十年七月、小社
から四六判で刊行されたものです）

一〇〇字書評

地に滾る

切り取り線

購買動機（新聞、雑誌名を記入するか、あるいは○をつけてください）	
□（　　　　　　　　　）の広告を見て	
□（　　　　　　　　　）の書評を見て	
□ 知人のすすめで	□ タイトルに惹かれて
□ カバーが良かったから	□ 内容が面白そうだから
□ 好きな作家だから	□ 好きな分野の本だから

・最近、最も感銘を受けた作品名をお書き下さい

・あなたのお好きな作家名をお書き下さい

・その他、ご要望がありましたらお書き下さい

住所	〒				
氏名		職業		年齢	
Eメール	※携帯には配信できません	新刊情報等のメール配信を 希望する・しない			

この本の感想を、編集部までお寄せいただけたらありがたく存じます。今後の企画の参考にさせていただきます。Eメールでも結構です。

いただいた「一〇〇字書評」は、新聞・雑誌等に紹介させていただくことがあります。その場合はお礼として特製図書カードを差し上げます。

前ページの原稿用紙に書評をお書きの上、切り取り、左記までお送り下さい。宛先の住所は不要です。

なお、ご記入いただいたお名前、ご住所等は、書評紹介の事前了解、謝礼のお届けのためだけに利用し、そのほかの目的のために利用することはありません。

〒一〇一－八七〇一
祥伝社文庫編集長　坂口芳和
電話　〇三（三二六五）二〇八〇

祥伝社ホームページの「ブックレビュー」からも、書き込めます。
www.shodensha.co.jp/bookreview

祥伝社文庫

地《ち》に滾《たぎ》る

令和 2 年 9 月 20 日　初版第 1 刷発行

著　者　あさのあつこ

発行者　辻　浩明

発行所　祥伝社《しょうでんしゃ》

東京都千代田区神田神保町 3-3

〒 101-8701

電話　03（3265）2081（販売部）

電話　03（3265）2080（編集部）

電話　03（3265）3622（業務部）

www.shodensha.co.jp

印刷所　萩原印刷

製本所　ナショナル製本

カバーフォーマットデザイン　中原達治

 ISBN978-4-396-34666-9 C0193

〈祥伝社文庫　今月の新刊〉

垣谷美雨
定年オヤジ改造計画
鈍感すぎる男たち、変わらなきゃ長い老後に居場所なし！　共感度120％の定年小説の傑作。

楡　周平
国士
俺たちは〝駒〟じゃない！　リストラ経験者たちが挑むフランチャイズビジネスの闇。

福田和代
キボウのミライ　S&S探偵事務所
少女を拉致した犯人を〝ウイルス〟で突き止めよ！　サイバーミステリーシリーズ第二弾。

近藤史恵
カナリヤは眠れない　新装版
彼女が買い物をやめられない理由は？　身体の声が聞こえる整体師・合田力が謎を解く。

近藤史恵
茨姫はたたかう　新装版
臆病な書店員に忍び寄るストーカーの素顔とは？　整体師探偵・合田力シリーズ第二弾。

葉室　麟
草笛物語
蒼天に、志燃ゆ。〈蜩ノ記〉を遺した戸田秋谷の死から十六年。羽根藩シリーズ、第五弾！

西條奈加
銀杏《ぎんなん》手ならい
手習所『銀杏堂』に集う筆子とともに成長していく、新米女師匠・萌の奮闘物語。

あさのあつこ
地に滾《たぎ》る
藩政刷新を願い、異母兄とともに江戸を目指す藤士郎。青春時代小説シリーズ第二弾！

辻堂　魁
神の子　花川戸町自身番日記
隅田川近くの横町で健気に懸命に生きる人々を描く、感涙必至の時代小説。

門田泰明
汝《きみ》よさらば（四）　浮世絵宗次日月抄
付け狙う刺客の影は、女？　病床にある宗次に迫る、シリーズ最大の危機。

西村京太郎
十津川警部　予土線《ローカル》に殺意が走る
宇和島の闘牛と闘牛士を戦わせる男。新幹線そっくりの〝ホビートレイン〟が死を招く！